MEMOIRE

PRÉSENTÉ

AU NOM DE L'ADMINISTRATION DES DOUANES

PAR SON DIRECTEUR A LILLE

Dans le procès qui lui est intenté devant le Tribunal civil de Douai

PAR

MM. DUTHOIT, THOMASSIN & Cie

Présentement E. THOMASSIN & Cie en liquidation.

« ....
« Il ne s'agit pas de savoir si la Douane est en faute d'avoir
« accepté la soumission et les traités, pour le montant majoré
« des sommes qui y figuraient. Ce n'est pas à raison d'une faute
« qu'elle est exposée à perdre partie des droits dont elle
« a fait crédit, **c'est parce que la fraude a été**
« **accomplie et organisée contre elle, et ce,**
« **POSTÉRIEUREMENT AU MOMENT OU**
« **MM. DUTHOIT THOMASSIN ONT SIGNÉ**
« **LA SOUMISSION OU LES OBLIGATIONS**
« et sans aucune participation ni complicité de
« leur part. Ils ne sauraient donc être tenus d'un fait et
« d'une fraude qui leur sont étrangers. »

« ....
« Si les juges du fond constatent souverainement l'existence
« des faits, tant matériels qu'intentionnels, la question de
« savoir **SI CES FAITS PRÉSENTENT LES**
« **CARACTÈRES JURIDIQUES DE LA**
« **FAUTE** prévue par les articles 1382 et 1383 C. civ. et
« **ENGAGENT LA RESPONSABILITÉ DE**
« **LEURS AUTEURS**, soulève un point de droit sur
« la solution duquel la Cour de Cassation peut exercer sa
« censure. »

Mémoire présenté à la Cour de Cassation **pour**
MM. Duthoit, Thomassin et Cie, actuellement
E. Thomassin et Cie, en liquidation.

LILLE,

IMPRIMERIE L. DANEL.
—
1889.

« ....
« Il ne s'agit pas de savoir si la Douane est en faute d'avoir accepté la
« soumission et les traites, pour le montant majoré des sommes qui y
« figuraient. Ce n'est pas à raison d'une faute qu'elle est exposée à perdre
« partie des droits dont elle a fait crédit, *c'est parce que la fraude a été*
« *accomplie et organisée contre elle, et ce, POSTÉRIEUREMENT AU*
« *MOMENT OU MM. DUTHOIT THOMASSIN ONT SIGNÉ LA SOUMISSION*
« *OU LES OBLIGATIONS et sans AUCUNE PARTICIPATION NI COMPLICITÉ*
« *de leur part.* Ils ne sauraient donc être tenus d'un fait et d'une fraude
« qui leur sont étrangers.

« ....
« Si les juges du fond constatent souverainement l'existence des faits,
« tant matériels qu'intentionnels, la question de savoir *SI CES FAITS*
« *PRÉSENTENT LES CARACTÈRES JURIDIQUES DE LA FAUTE* prévue
« par les articles 1382 et 1383 C. civ. et *ENGAGENT LA RESPONSABILITÉ*
« *DE LEURS AUTEURS,* soulève un point de droit sur la solution duquel
« la Cour de Cassation peut exercer sa censure. »

> (*Mémoire présenté à la Cour de Cassation POUR MM. Duthoit,
> Thomassin et Cie, actuellement E. Thomassin et Cie, en
> liquidation*).

MÉMOIRE

PRÉSENTÉ

AU NOM DE L'ADMINISTRATION DES DOUANES

PAR SON DIRECTEUR A LILLE,

DANS LE PROCÈS QUI LUI EST INTENTÉ DEVANT LE TRIBUNAL CIVIL DE DOUAI

Par MM. DUTHOIT, THOMASSIN & Cⁱᵉ, présentement E. THOMASSIN & Cⁱᵉ en liquidation.

EXPLICATIONS TECHNIQUES.

D'une manière générale, les marchandises importées de l'étranger sont assujetties, à leur entrée en France, au paiement de taxes dont le versement à la douane doit *précéder la livraison des colis à l'importateur*. Cette obligation de paiement préalable, inscrite dans la loi, s'explique par ce fait que les marchandises sont le gage du droit. La fixation et le règlement de ce droit comportent une série d'opérations dont voici la nomenclature. Tout d'abord, « **déclaration** » par l'importateur qui spécifie son intention de faire entrer dans la consommation publique telle marchandise pesant tel poids. Cette déclaration, prescrite par la loi comme acte initial et essentiel, confère à l'État, *dès l'instant même où elle a été déposée et enregistrée*, la propriété de la taxe qui correspond à ses énonciations. Alors commence le contrôle. Celui-ci débute par la « **vérification** » matérielle de l'espèce et du poids de la marchandise, par rapport à l'énoncé de la déclaration, énoncé qui engage le déclarant, sans qu'il y puisse rien modifier après la réception de la pièce par la Douane. Cet examen, accompagné d'un pesage plus ou moins prolongé, donne la quantité imposable. Celle-ci étant obtenue, l'employé vérificateur procède à des calculs qu'il résume en un certificat techniquement dénommé « **liquidation** » et qui fixe la somme totale à percevoir. Cette liquidation va des magasins à la Caisse, où le déclarant en paye le montant et en reçoit quittance. Au vu de cette quittance, le personnel à la garde duquel ont été confiées les marchandises, pendant *et après* leur vérification, les laisse enlever puisqu'on lui fournit la preuve que l'État a reçu ce qui lui revenait.

En même temps qu'il imposait le paiement des droits au comptant, obligation d'où découlait la retenue provisoire, à titre de gage, *de toute la marchandise* jusqu'après la clôture des opérations de contrôle et le règlement à la Caisse, le législateur de 1791 comprit que tel cas pourrait se présenter où cette exigence rencontrerait de grandes difficultés, sinon des impossibilités matérielles d'application. Il prévit donc un tempérament sous forme d'un crédit qu'il autorisait les Receveurs Principaux des Douanes à accorder sous la garantie de l'engagement cautionné de régler fidèlement à l'échéance. Cet engagement devait être consigné sur les registres, là même où avait été inscrite la déclaration d'entrée relative au lot de marchandises auquel se rapportait la demande de crédit.

Cette facilité était bonne pour un cas fortuit, isolé, où l'importance du lot, par exemple, les difficultés de la vérification, l'insuffisante superficie des magasins, etc., etc..., auraient rendu préjudiciable au déclarant, ou difficile en soi, le maintien de la marchandise en consigne pendant tout le cours des opérations de la Douane, jusqu'après le paiement du droit. On s'aperçut bientôt que si la tolérance inscrite ainsi dans la loi suffisait aux importateurs d'occasion, elle ne pouvait s'adapter pratiquement au commerce proprement dit, à qui l'usage du crédit resterait pour ainsi dire fermé, si les chefs de maison, les banquiers ou capitalistes que leur surface permettrait de présenter comme caution, devaient s'arracher en personne à la direction de leurs affaires pour faire la navette entre la Douane et leurs comptoirs en vue d'aller consigner à chaque arrivage, sur le registre d'inscription des déclarations d'entrée, l'engagement cautionné de payer les droits 3 mois après.

Le pouvoir administratif se préoccupa de compléter par des mesures de son ressort l'œuvre du pouvoir législatif. Il imagina des sortes de contrats généraux, à souscrire par le commerce d'importation et d'avance, en vue d'opérations éventuelles embrassant une période de temps quelconque et fixant une somme maxima jusqu'à concurrence de laquelle un négociant serait admis au crédit tant que ses arrivages partiels successifs resteraient dans les limites de l'engagement général préalable qu'il aurait fait accepter par la Douane. Ces contrats ont pris naissance en vertu d'une décision ministérielle du 8 Mars 1801, c'est-à-dire environ 10 ans après l'institution par la loi d'un crédit spécial limité à tel arrivage déterminé.

Les soumissions cautionnées générales étaient une précaution d'ordre administratif prise par l'État vis-à-vis du commerce en vue de faciliter, sans risques pour le Trésor, les relations des négociants avec la Douane et de restreindre à une seule, pour une période de temps plus ou moins longue, des démarches éventuelles sans nombre. Elles furent réglementées par l'autorité qui les instituait et leurs conditions subirent des modifications de détail successives dont il paraîtrait sans intérêt de tracer ici l'historique. Il n'est pas inutile pourtant de faire ressortir que les comptables de l'État ayant pris l'habitude d'accepter ce genre de soumissions cautionnées libellées sur papier libre, une circulaire ministérielle du 13 octobre 1845 fit ressortir qu'il y avait là une méconnaissance des prescriptions de la loi sur le timbre en date du 13 brumaire an VII et rappela au personnel de l'Administration des Douanes que la soumission générale cautionnée en matière de crédit de droits doit être partout « rédigée sur papier timbré, (timbre de dimension). »

Cette prescription, ou pour mieux dire, ce rappel à la règle, n'a plus été méconnu depuis lors, et c'est en cette forme que se retrouve partout la soumission cautionnée générale.

Parmi les différences survenues depuis le principe, il convient de noter la durée même du Crédit, laquelle est de 4 mois, au lieu de 3 que le législateur de 1791 avait attribué au crédit d'occasion. On la rencontre au début dans une décision ministérielle du 18 juin 1816, laquelle s'inspirait d'ailleurs des dispositions de la loi du 24 avril 1806 qui institua en son article 53 du titre VII, le mode de paiement en traites ou obligations cautionnées à échéances alors diverses, pour les droits dont il serait fait crédit. On retrouve en dernier lieu la fixation du délai à 4 mois dans la loi du 15 février 1875 qui est spéciale aux crédits et qui institue au profit de l'État un intérêt dit « de retard » dont elle laisse à l'autorité ministérielle le soin de fixer le taux.

Les soumissions générales ont un double but. Le premier consiste à affranchir le signataire de l'obligation de laisser dans les magasins de la Douane, jusqu'après la clôture de toutes les opérations décrites plus haut, l'intégralité d'un lot de marchandises parfois considérable, et de substituer au gage que constituent au profit du Trésor ces marchandises mêmes, relativement au paiement des droits, la signature du soumissionnaire et celle de sa caution solidaire. Le second consiste à déterminer par avance quels seront les souscripteurs des traites remises à la Douane en paiement, dans le cas où, *trois jours après* la clôture des opérations de visite, lesdits droits ne seraient pas payés en numéraire, le déclarant *demandant alors* et obtenant le crédit. Ainsi, pour l'expliquer sous une autre forme, la soumission générale dit *principalement* à la Douane qu'elle peut, sans danger pour ses recouvrements, laisser enlever les marchandises avant le paiement, *avant la fixation même* des droits dont elles sont grevées; puis, *secondairement*, elle ajoute que dans le cas où, au bout d'un temps déterminé, on demanderait le crédit au lieu de payer au comptant, la Douane peut se reposer sur ce que les traites à souscrire dans ce cas seront signées par le soumissionnaire et avalisées par sa caution solidaire. On comprend que la partie de l'engagement qui se rapporte ainsi aux traites est accessoire et ne devient valable, en quelque sorte, que par occasion, car en ce qui concerne la validité et la sûreté de la traite elle-même, les signatures qu'elle porte suffiraient à elles seules, sans qu'il fût besoin de répéter dans un engagement spécial et à part, que soumissionnaire et caution s'engagent à la payer à l'échéance. Il est donc bien établi que la partie principale de la soumission générale consiste à mettre les marchandises à la disposition du soumissionnaire avant tout règlement, et de substituer ainsi, à un gage matériel, un gage pour ainsi dire moral. Il importe de considérer que cette partie de la soumission, cette clause qui porte sur l'inconnu, *est celle-là qui seule peut engager la caution* **à son insu**, puisqu'en dehors des avis que lui donnerait le négociant qu'elle a cautionné, elle ne dispose d'aucun moyen de se tenir au fait de ce qui se passe dans les établissements de la Douane, à moins de s'y tenir en permanence, tandis qu'en matière de traites à avaliser, elle prend connaissance de l'effet avant d'y apposer sa signature.

Cet aléa, et cet aléa seul, constitue pour la caution un gros risque dans la pratique. En effet, on a vu plus haut que les droits sont acquis à l'État, dès l'instant même où *la déclaration d'importation* a été présentée à la Douane et reçue par elle. Or, cette déclaration n'exige de la part de celui qui la fait que quelques minutes à peine. On en pourra juger par cet échantillon du modèle officiel en cours :

Si l'on considère que, ces lignes tracées, et un numéro d'enregistrement mis par la Douane dans la case qui se trouve dans l'angle, à gauche du haut de la feuille, le droit est acquis à l'État, — que, dès lors, en cas de soumission, la caution (*qui ne sait rien de l'arrivage*) est engagée à l'égal du déclarant soumissionnaire et que cet engagement peut aller jusqu'au montant intégral de la somme totale prévue dans la soumission cautionnée générale comme cercle dans lequel le négociant sera admis à se mouvoir, on comprendra comment il se fait qu'un banquier sérieux, un capitaliste prudent, ne se porte jamais caution solidaire d'un engagement général de l'espèce, qu'à bon escient et en limitant son importance à une somme totale éventuelle qui ne représente à ses yeux qu'une faible partie des ressources notoires dont il se croit assuré que le soumissionnaire avec qui il se solidarise disposera toujours, quelles que soient les circonstances. On verra que MM. Duthoit et Thomassin ne furent point accessibles à ce genre de préoccupations prévoyantes, dans leurs relations d'affaires avec le sieur Castrique, car c'est jusqu'à l'**illimité**, aussi bien comme somme éventuellement exigible par la Douane, que comme durée de validité de leur cautionnement, qu'ils engagèrent, en faveur de ce négociant, la signature de la société en commandite par actions, au capital de 8 millions, dont ils disposaient comme gérants.

Pour terminer ce préambule professionnel, il convient de noter la différence, assez importante au regard de l'affaire actuelle, qui distingue la traite en matière de Douane, du même genre d'effet en matière commerciale.

Dans les pratiques commerciales, la traite porte en son contexte une somme écrite en toutes lettres et cette somme est répétée en chiffres en haut de l'effet, dans l'angle à droite, au « Bon pour francs », soit :

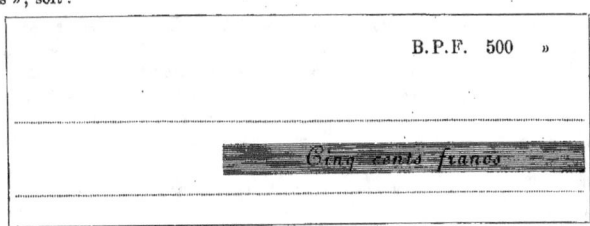

Dans la traite de Douane, au contraire, *le montant de l'effet* est *le total de deux sommes*, le principal (droit d'entrée) et l'« intérêt de retard » qui est de 1 % pour 4 mois, échéance de l'effet. Au « Bon pour francs » doit être inscrite la décomposition portée en chiffres, tandis qu'au corps de l'effet est consigné en toutes lettres le seul total, lequel constitue d'ailleurs le montant de l'effet. Voici comment celui-ci se présente :

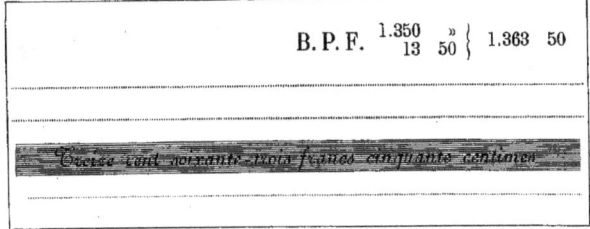

Sans qu'il soit besoin d'insister, on comprend combien il est plus difficile à un faussaire de ménager d'avance au « Bon pour francs », sans que le banquier qui va signer comme caution s'en aperçoive, le blanc qui permettra plus tard de majorer l'effet de Douane, que de le ménager sur l'effet de commerce qui ne contient qu'une somme unique sans indication de chiffres partiels devant ensuite *tomber juste* pour *amener un total recherché.*

En résumé, par leur soumission générale, le négociant et sa caution disent donc *essentiellement* à la Douane : « Départissez-vous du devoir qui vous est imposé de retenir la marchandise pendant
» toute la durée et jusqu'après la conclusion de vos opérations et l'encaissement des droits dont
» elle est le gage ; laissez la enlever au fur et à mesure du pesage, puis, quand tout sera terminé
» et inscrit en comptabilité, quand, en outre, trois jours se seront écoulés à partir de ce moment là,
» nous nous engageons solidairement à assurer le paiement des droits d'entrée à votre caisse, soit
» qu'on l'opère alors en numéraire, soit que l'on vous remette des traites, et, si les droits sont
» payés en effets à terme, nous en serons tous deux les souscripteurs. »

La base essentielle est donc la soumission, et la portée primordiale et capitale de celle-ci consiste dans cet engagement que les droits dûs à l'État seront payés quoi qu'il advienne : les traites, au contraire, ne sont qu'un mode de paiement ; donc, si celui-ci est reconnu défectueux, comme la loi donne un an à la Douane pour récupérer les taxes dues à l'État, le négociant soumissionnaire et sa caution solidaire sont tenus, pendant une année, à dater de l'importation, de substituer une monnaie valable à celle qui aurait été reconnue, dans l'intervalle, totalement ou partiellement sans valeur.

Avant d'aborder l'examen du procès qui nous est intenté, nous avons pensé nécessaire de bien préciser ces points de technicité, attendu qu'ils sont étroitement reliés à la cause ; nous croyons avoir traité, de la sorte, ce qui importe le plus à la clarté des démonstrations à venir, à l'exacte appréciation de certains agissements et de leur portée véritable ; nous bornerons là ce préambule. En première instance et en appel, la Justice avait reconnu notre bon droit. Un arrêt de la Cour de Cassation remet les choses en question, et, si on en examine attentivement le texte en le rapprochant de celui des sentences successivement rendues à Lille, on constate que la Cour n'a pas entendu dénier, sur le fond, le bien fondé de la solution donnée au litige, mais qu'elle n'a pas trouvé suffisamment précisée par le texte du jugement rendu en appel, la nature des considérations citées par le Tribunal comme devant entraîner la responsabilité de la caution. En substance, l'arrêt de renvoi nous invite, en quelque sorte, à nous expliquer. C'était ce que nous avions hésité à faire catégoriquement tout d'abord, estimant qu'un service public est tenu à plus de réserve que ne le serait un simple particulier. Le Tribunal de Lille avait également pris cette attitude, bien qu'il soit facile de démêler dans le texte de son jugement le genre de conviction qui l'a déterminé à se prononcer dans le sens où il l'a fait. Acculés par la persistance de nos adversaires à la nécessité de préciser, nous le ferons dans l'exposé qui va suivre, et nous tenons à bien protester contre toute pensée désobligeante à leur égard. Mais il ne nous est pas permis de laisser subir à l'État un préjudice immérité, plutôt que de retracer les faits tels qu'ils sont et de faire ressortir en quoi les banquiers cautions de Castrique, pressés, peut-être, par la force des circonstances, ont joué un rôle de nature à engager la responsabilité de la Compagnie qu'ils représentent.

Cette démonstration, nous la trouverons dans nos souvenirs et dans nos archives, dans le dossier déjà produit devant la juridiction civile, mais nous la trouverons surtout, et des preuves avec elle, dans le dossier de l'instruction criminelle qui fut ouverte contre Castrique sur la plainte de MM. Duthoit-Thomassin, et suivie d'un acquittement en Cour d'Assises. Nous n'aurions pas songé à évoquer aujourd'hui ce dossier, si, en continuant à s'approprier une des pièces capitales qui le forment, c'est-à-dire, les rapports des experts en comptabilité et en écritures commis par le Juge, nos adversaires ne nous avaient pas montré le chemin, et provoqués, pour ainsi dire, à mettre en évidence l'enchaînement lumineux qui se dégage du dépouillement de ce monceau de documents. Dans cette cause, il n'y a point à soutenir de thèses juridiques, à débattre de points de jurisprudence, à torturer réciproquement de textes, non plus qu'à s'échapper à la faveur de subtilités de casuistique. Les faits sont là : le Tribunal est souverain pour les juger.

EXPOSÉ DES FAITS.

Le 3 Mai 1884, M. Duthoit, accompagné du Vice-Président du Conseil de surveillance de la Banque dont il était l'un des gérants, se présenta, dès l'ouverture des bureaux, à la Recette Principale des Douanes et demanda communication d'une soumission générale en vertu de laquelle il s'était porté caution solidaire du sieur Castrique dans les engagements contractés par celui-ci vis-à-vis de la Douane en matière de crédits de droits. A peine eut-il jeté les yeux sur cette pièce, il s'écria : « Cet « engagement est faux, nous n'avons souscrit que pour cinquante mille francs. » L'acte portait « Trois cent cinquante ». Le Vice-Président, M. Desrousseaux, prit à son tour le papier, l'examina en hochant la tête et le rendit sans dire un mot.

M. le Receveur Principal vint immédiatement me saisir de l'incident, je me rendis dans son cabinet, et, bien que prévenu, je ne découvris sur la soumission incriminée aucune trace d'altération ou d'adjonction. On n'y voyait ni interligne, ni hors ligne, ni surcharge, ni grattage, ni différence de plume ou d'encre, en un mot, aucun indice perceptible à l'œil. J'en fis l'observation à M. Duthoit ainsi qu'à la personne qui l'accompagnait, et, sans engager nulle controverse, je fis prescrire au Caissier d'établir le compte de Castrique. Tandis que nous attendions le résultat de cette opération assez longue, M. Duthoit causait beaucoup et je l'écoutais fort attentivement sans l'interrompre. Il le prenait de haut en parlant de Castrique et de son commerce, qu'il présentait comme minime; il s'exclamait que pour rien au monde il n'aurait cautionné ce petit négociant d'un centime au-delà de 50,000 fr. et paraissait considérer comme une idée folle et presque plaisante que l'on eût pu songer à un chiffre de 350,000 fr. s'appliquant à une solidarité entre sa Banque et un petit brûleur de café. Entre temps, il nous apprenait, pour mieux poser encore l'immutabilité du chiffre en quelque sorte *dès longtemps fatidique* de 50,000 fr. s'appliquant au summum des marges de crédits susceptibles d'être tracées par son co-gérant et par lui en faveur de Castrique, il nous apprenait, dis-je, qu'avant d'avoir d'eux leur signature pour 50,000 fr., Castrique avait essayé de l'obtenir pour 100,000 fr. Il leur avait présenté, à cet effet, un projet d'acte au chiffre de 100,000 fr., que M. Thomassin ne s'était pas borné à repousser, mais avait en quelque sorte, mis hors de service avec motifs, en inscrivant en marge les mots « Cinquante mille ». Il expliquait que ce chiffre de cinquante mille était d'autant plus immuable dans leur résolutions, qu'il se rapportait à une précaution prise par eux sous forme d'inscription hypothécaire d'égale somme sur les immeubles de Castrique.

Je ne connaissais rien des crédits en Douane de ce négociant, la qualité de banquier de M. Duthoit était faite pour donner du poids à ses allégations, j'étais donc disposé à y croire : cependant, au milieu de tout ce qu'il disait, quelques phrases qui contrastaient avec la démonstration qu'il avait entreprise frappèrent assez vivement mon attention pour qu'aujourd'hui encore je fusse en état de

les reproduire *textuellement*, quand bien même je n'y serais pas aidé par le dossier, et les voici :
Il y avait un moment déjà qu'il avait fait ressortir la fixation maxima à 50,000 fr. couvrant les crédits en douane pour quatre mois et il avait sans doute perdu de vue l'insistance qu'il y avait mise, car il s'appesantissait sur la fréquence des demandes d'argent faites par Castrique à sa banque. Emporté par son débit, il nous dit : « Il venait nous demander des vingt mille et des vingt » mille et quand nous lui disions « Mais que faites-vous donc de tout cet argent », il répondait invariablement « C'est pour payer la Douane. » — Ainsi donc, tantôt voilà un petit commerçant à qui 50,000 fr. doivent suffire et au-delà pour couvrir ses opérations de Douane pendant quatre mois, et tantôt, c'est par appels constants et répétés de vingt mille et vingt mille qu'il opère. Il y avait dans ce rapprochement de quoi faire dresser l'oreille, on en conviendra.

A un autre moment, parlant de l'adjonction des mots « trois cent » devant le mot « cinquante » sur l'acte incriminé, M. Duthoit s'écria presque gaiement « Et ce gaillard-là a été si adroit qu'il a » fait cette adjonction dans nos propres bureaux ». Il me parut que c'était vouloir trop prouver, du moins avec la signification que notre interlocuteur entendait donner à ses paroles. En tout cas, je me demandai comment il se pouvait faire que M. Duthoit pût déjà connaître ainsi par le menu tous les détails des agissements qu'il imputait à Castrique, alors que c'était la veille seulement que celui-ci avait été arrêté. Et cette science cadrait bien mal avec l'entrée en matière de M. Duthoit telle qu'on l'a vue plus haut, quand il vint demander tout simplement au Receveur Principal à prendre connaissance de la soumission et qu'après un coup d'œil jeté sur elle il la rejeta sur la table en poussant *l'exclamation d'un homme surpris.* Je fus confirmé dans cet ordre de réflexions par tout ce qui suivit, car M. Duthoit nous expliqua séance tenante la méthode même du faussaire, qui, d'après lui, sur presque toutes les traites, transformait la valeur des effets après avoir obtenu aval, par l'adjonction d'un ou deux mots, de deux mille faisant vingt-deux mille, de trois mille faisant, trente-trois mille, etc... Il nous exhiba même à l'appui, dès cette première heure, un carnet de Castrique, carnet portant un double compte, l'un, des traites avec leur valeur première, l'autre, tracé en regard et les reprenant avec leur valeur transformée. Il ne nous apprit pas tout de suite comment un pareil document pouvait se trouver entre ses mains, mais, deux ou trois jours après, il nous fournit à ce sujet une explication que nous ne lui demandions pas, du reste, pas plus que nous ne lui avions rien demandé de tous les détails dans lesquels il s'était complu à s'étendre. Voici dans quelles circonstances il eut occasion d'en entretenir M. le Receveur Principal et moi. Obligés de recouvrer sur les droits dus à l'Etat par Castrique, nous crumes devoir faire une démarche amiable à la banque Duthoit-Thomassin avant d'engager des poursuites que nous considérions comme un éclat toujours fâcheux vis-à-vis d'une société de crédit. Nous nous transportâmes donc à la Banque où nous fûmes reçus par M. Duthoit qui entendit notre communication d'une oreille visiblement distraite, et brusquement, sans nulle amorce de notre part, sans transition non plus, se lança dans un nouveau récit et nous conta notamment une certaine scène dans laquelle Castrique, pris comme d'un vertigo, aurait brusquement déclaré ses méfaits à son associé et à lui, se chargeant lui-même avec rage « vidant ses poches » sur leur bureau (ce qui ne nous parut rimer à rien) et leur donnant pêle-mêle (sans qu'on nous expliquât pourquoi) « ses clefs (!) » et son argent et le fameux carnet ! Tout cela était bien étrange et le caractère dominant de ce qu'il plaisait à M. Duthoit de nous dire, de ce qu'il paraissait tenir à vouloir nous dire, était assurément l'invraisemblance, tout au moins, comme aussi la contradiction. Ce dernier caractère s'accentuera par la suite avec une force et une éloquence qui suffiraient à elles seules à fixer la Justice, si nous ne pouvions placer sous ses yeux de preuves proprement dites de ce qui s'est passé entre Castrique et ses cautions, mais ces preuves sont au dossier de l'instruction criminelle suivie contre Castrique, ainsi qu'on le verra plus loin.

Toujours est-il que la visite chez M. Duthoit-Thomassin, dont il vient d'être parlé, eut pour effet de nous apprendre la configuration des lieux et de nous démontrer que si, vraiment, comme nous l'avait raconté M. Duthoit, Castrique ayant apporté un acte libellé à « Cinquante mille francs » avait ajouté « Trois cent » après avoir eu signature, et avait fait cette adjonction dans le *local exigu* de la Banque, il avait fallu une bonne volonté prononcée pour ne pas le surprendre et pour être cependant informé et assez certain plus tard de ce qu'il avait pratiqué de la sorte, pour prendre l'initiative de venir le déclarer à la Douane aussitôt après qu'on avait fait incarcérer cet homme (1). Il avait également fallu à Castrique de sérieuses intelligences dans la place et une minutieuse préparation par celles-ci, pour qu'il trouvât là même encre et même plume que chez lui et toutes les commodités d'installation et de sécurité nécessaires pour procéder calligraphiquement à une adjonction si remarquablement bien faite, que l'œil humain ne peut la discerner, ni même la reconnaître.

Pour en terminer avec le récit de ce qui se produisit au cours de la démarche ainsi faite à la Douane le 3 mai 1884 par M. Duthoit, ajoutons qu'il nous expliqua comment son associé et lui avaient pris leurs mesures, lorsqu'ils s'étaient portés cautions pour Castrique, pour vivre en permanente sécurité au sujet des engagements contractés solidairement avec lui vis-à-vis de la Douane. On faisait tenir par le Caissier, nous dit-il, un compte spécial des avals successivement donnés sur les traites de Douane créées par Castrique ; on savait toujours ainsi jusqu'à quel point des cinquante mille francs on était engagé, et on avait, de la sorte, un moyen sûr de ne jamais être entraîné à dépasser la limite totale maxima de cinquante mille, dont l'importance correspondait au montant de la créance hypothécaire prise sur les immeubles de Castrique, puisqu'il suffisait de refuser l'aval dès l'instant où le compte-ouvert tenu pour ordre par le caissier accuserait cinquante mille ou approcherait de ce chiffre.

L'allégation de M. Duthoit, relative à ce compte spécial, est notoirement exacte ; on la retrouve, d'ailleurs, au cours de l'instruction, dans des bouches diverses, au rapport des experts commis par l'instruction, et l'existence même du relevé est attestée par des faits caractéristiques : je dois le faire ressortir et y insister, car c'est un point capital de la démonstration. On remarquera, du reste, que, dans ses dépositions, M. Duthoit, de son côté, fait de ce compte-ouvert le pivot de ses explications, de son raisonnement ; c'est donc une particularité à garder sans cesse présente à l'esprit au cours de cette discussion.

Je dois maintenant revenir en arrière. Nous avons laissé l'employé de la Recette Principale des Douanes dressant sur mon invitation, le compte de Castrique. Ce compte me fut présenté peu après le départ de M. Duthoit : il se montait à 285,253$^{fr.}$90, savoir : 230,415$^{fr.}$34 de traites en circulation, 1393$^{fr.}$74 pour une obligation d'admission temporaire non discutée et cautionnée, d'ailleurs, par un engagement spécial, et 53,444$^{fr.}$82 représentant les droits d'entrée afférents à des marchandises enlevées avant tout règlement et sous la seule garantie de la soumission.

Mon étonnement fut extrême, car que devenait de la sorte le fatidique maximum de 50,000$^{fr.}$ dont il venait d'être tant parlé ? Et l'opposition était telle que je voulus examiner de suite *si elle coïncidait* avec la délivrance *relativement fort récente* de la soumission de 350.000^{fr.} arguée de faux, ou *si elle lui était antérieure*. Un coup d'œil jeté sur les minutes des situations des crédits adressées chaque mois au Ministère des Finances eut vite fait de me prouver que le chiffre de 230,000^{fr.} de traites en circulation ne participait en rien de l'innovation, et n'était, au contraire, que la continuation de l'importance dès longtemps habituelle, permanente et pour ainsi dire normale des effets de l'espèce souscrits solidairement par MM. Duthoit-Thomassin avec Castrique.

Voici, du reste, la reproduction complète de ces situations mensuelles depuis le début même de leurs relations d'affaires. Et l'on n'oubliera pas que la soumission arguée de faux *en Mai* 1884, *date de l'année* 1884 *elle-même* :

MOIS.	ANNÉE 1880.	ANNÉE 1881.	ANNÉE 1882.	ANNÉE 1883.	ANNÉE 1884.
Janvier........	»	52.727 25	139.610 28	244.660 38	301.062 50
Février..	»	85.055 84	135.408 68	237.940 85	260.995 63
Mars.........	»	66.058 31	177.532 75	248.760 98	239.097 82
Avril....	»	73.774 78	140.715 22	258.540 31	230.415 34
Mai..........	»	111.344 14	150.511 21	285.366 41	»
Juin..........	12.505 15	101.408 26	220.582 99	283.492 86	»
Juillet........	40.665 02	123.308 19	209.114 44	282.841 41	»
Août.........	94.123 47	137.880 15	234.229 10	299.826 58	»
Septembre....	164 228 60	141.081 85	223.128 19	300.950 71	»
Octobre......	115.948 85	134.207 79	201.512 17	331.320 40	»
Novembre.....	83.584 92	106.384 31	200.475 91	324.665 51	»
Décembre.....	34.813 86	139.195 17	210.383 01	294.053 10	»

Et voici, présentés quatre mois par quatre mois, puisque c'est aux opérations d'une période de cette durée que correspond le montant de chaque soumission générale, les totaux des traites souscrites à partir du 1er Janvier 1881, ainsi qu'il appert des registres officiels de comptabilité.

Quatre premiers mois de 1881	56.498	38
Quatre mois suivants..	136.880	15
Quatre mois suivants.	140.195	17
Quatre premiers mois de 1882.	140.715	22
Quatre mois suivants.	234.229	10
Quatre mois suivants.	210.283	01
Quatre premiers mois de 1883.	258.540	81
Quatre mois suivants.	299.053	10
Quatre mois suivants.	294.053	10
Quatre premiers mois de 1884	230.415	34

L'apparition de sommes pareilles, et **de tout temps pareilles,** me stupéfia. Je ne sus qu'en conclure, mais il sautait aux yeux que M. Duthoit avait dû obéir à quelque dessein secret, ou bien être poussé par quelque inexorable nécessité, pour être venu faire les déclarations retracées plus haut et dont le caractère général, aussi bien que les allégations particulières et précises, contrastaient si étrangement avec les faits acquis.

Il ne m'était pas permis de me consacrer aussitôt à percer le mystère et je dus veiller avant tout à ce que M. le Receveur Principal poursuivît le recouvrement des droits dûs à l'État.

Sans m'attarder ici dans la reproduction du détail des actions intentées au début et qui est retracé dans la procédure, je rappellerai seulement et en bloc que commandement fut fait à Castrique incarcéré, et d'ailleurs, déclaré en faillite à la diligence de MM. Duthoit-Thomassin, de régler son compte de Douane. A son défaut, la signification atteignit sa caution solidaire et celle-ci paya après quelques tiraillements, mais comme contrainte et forcée et en formant opposition à nos contraintes. Elle nous assigna devant le Juge de Paix (1re instance dans l'espèce) en annulation desdites contraintes comme irrégulières en la forme et en restitution de la différence entre 283.860fr.16 et 50.000fr., limite maxima, prétendait-elle de ses engagements envers la Douane. L'instance fut suspendue du fait de l'Instruction criminelle suivie contre Castrique et reprise après l'acquittement de celui-ci. MM. Duthoit Thomassin et Cie furent déboutés de leurs prétentions par le Juge de Paix : ils ne furent pas plus heureux en appel devant le Tribunal de Lille, mais le texte de ce jugement confirmatif a été censuré par la Cour de Cassation, qui l'a réformé et a renvoyé la cause en appel devant le Tribunal de Douai. La défense que nous sommes amenés à présenter aujourd'hui consistera, suivant que nous l'avons indiqué dans notre préambule, à retracer tout simplement les faits sans rechercher nul artifice, sans nous écarter non plus de ce dont la preuve existe aux dossiers d'instruction criminelle et d'instances civiles, où l'on trouve d'ailleurs, bien entendu, la trace et la confirmation de tout ce qui a déjà été dit, notre parole ne suffisant pas plus que celle de quiconque, bien qu'à l'inverse de nos adversaires, nous soyons dégagés dans l'espèce de tout intérêt personnel et ne nous mettions en avant que pour accomplir les devoirs de notre fonction.

Tandis qu'à la première heure nous lancions nos contraintes, qui donnaient en tête copie de la soumission de 350.000fr., suivant le vœu de nos lois spéciales, l'instruction criminelle débutait par les dépositions successives de M. Duthoit le 5 Mai et de M. Thomassin le 9 Mai : les explications qui précèdent permettent d'examiner maintenant avec fruit ces déclarations initiales des deux plaignants.

Castrique avait été arrêté le 2 Mai. M. Duthoit était venu le 3 faire à la Douane les déclarations retracées plus haut, et le 5, voici en quels termes il déposait devant le Juge d'Instruction (cote N° 73 du dossier d'Instruction criminelle).

« Dans le courant de l'année 1880, nous avons fait une ouverture de crédit au Sr J.-B. Castrique,
« négociant en denrées coloniales à La Madeleine, **quand je dis, nous avons fait une**
« **ouverture de crédit, c'est PLUTOT UNE PROBABILITÉ QU'UNE CER-**
« **TITUDE DE MA PART** (!) Dans tous les cas, au bout d'un an, nous avons exigé de
« Castrique des garanties spéciales et *c'est alors* qu'il nous a donné une inscription hypothécaire
« de 50.000fr. Nous avons ainsi continué à donner notre signature comme caution sur les traites
« qu'il nous présentait pour acquitter ses droits de Douane, mais jamais ce crédit n'a dû dépasser
« 140,000fr. au maximum. Aux premiers jours de 1884, Castrique s'est présenté chez nous dans nos
« bureaux en nous disant que la Douane désirait désormais avoir un cautionnement fixe pour une
« somme déterminée et c'est alors qu'il nous soumit un projet d'acte de cautionnement pour une
« somme de 100.000fr.....»

On conviendra que ce résumé est aussi écourté que flottant, et l'on remarquera que son auteur y glissait aussi bien sur les particularités qui avaient pu et dû se succéder entre « le courant de l'année 1880 » et « les premiers jours de Janvier 1884 ». On remarquera que le seul fait précisé est celui-ci « *qu'au bout d'un an la banque exigea de Castrique des garanties spéciales* » (et qu'elles furent données par celui-ci sous la forme d'une inscription hypothécaire de 50,000 fr.). Celle-ci devrait donc porter la date de 1881. C'est une première inexactitude, et non sans portée ainsi qu'on le verra plus tard ; — l'acte de créance hypothécaire a été reçu par Me Lemay, notaire à Lille, le 30 Mars **1882** ; c'est important à noter et à retenir. Il est inadmissible de penser qu'avant de prendre le parti extrême de faire arrêter Castrique, M. Duthoit et M. Thomassin n'aient pas examiné leurs dossiers d'assez près pour savoir avec exactitude quelles avaient été les phases principales et successives de leurs relations d'affaires avec lui, — quels avaient été, tout au moins, les engagements successifs qu'ils avaient contractés solidairement avec lui, et si, avant de faire arrêter Castrique, ils n'avaient pourtant pas passé cette revue, ne fut-ce que pour bien fixer leurs souvenirs, personne ne croira qu'ils ne s'y soient pas consacrés entre le moment de l'arrestation et celui où ils sont allés justifier devant l'Instruction la plainte qu'ils avaient portée eux-mêmes. On est donc fondé à s'étonner du vague et des erreurs qui caractérisent le commencement de déposition que je viens de transcrire. Quant à nous, qui n'avons nul motif pour ne point préciser, nous précisons et nous prouvons nos dires.

Quelle a été la première soumission générale souscrite par Castrique et MM. Duthoit Thomassin ? Elle fut de 200,000 fr. (chiffre bien différent du maximum 50,000 fr. !). Qu'est devenu cet acte, remplacé plus tard par d'autres contrats de même sorte, nous l'ignorons et nous devons penser que les intéressés l'auront repris en en présentant un nouveau, mais nous donnons ci-contre la reproduction photographique de la preuve que nous avons récemment trouvée dans nos dossiers :

La note marginale « Répondu dans la journée que j'acceptais » est de la main de l'ancien Receveur principal décédé M. Danican Philidor. Celui-ci donna le lendemain les ordres nécessaires aux chefs de sections de la Douane de Lille, ainsi qu'il appert de la pièce dont voici également la reproduction ci-après :

et si l'authenticité de l'écriture de M. Danican Philidor était contestée, nous sommes prêts à produire en foule des documents de toute sorte et notamment à faire revenir de la Cour des Comptes les anciens états émargés ou visés par lui.

Il paraît superflu de souligner que si, à l'appui de sa lettre ci-dessus ou après remise de sa lettre, Castrique n'avait pas déposé à la Recette principale le titre, la soumission pour 200,000 fr. signée de lui *et de sa caution* qu'il avait indiquée, M. Danican Philidor aurait attendu pour donner dans la douane les ordres qui étaient la conséquence du dépôt de cette pièce à son bureau et de son acceptation des engagements qu'elle contenait.

Ainsi donc, les relations d'affaires de la banque et de Castrique à la Douane débutent par une soumission solidaire de 200,000 fr. datée du 30 Novembre ou du 1er Décembre 1880, et si la banque s'est avisée, comme en dépose M. Duthoit, de prendre quelque précaution vis-à-vis de Castrique, ce n'est nullement *l'année suivante* mais bien *en 1882*. Or, si l'on peut admettre que les banquiers eussent un peu perdu de vue les chiffres ou dates précis du début, ou bien n'en aient pas retrouvé la trace, ils ne seraient pas fondés à tenir le même langage au regard de l'acte de créance hypothécaire, car, avec une pièce annulée par leurs soins dont il sera question tout à l'heure, cet acte est la pierre angulaire de leur système, l'un des deux témoins qu'ils invoquent à l'appui de leurs assertions. Ce n'est donc pas cet acte qui pouvait à leurs yeux être enveloppé d'aucun brouillard, ils en possédaient, d'ailleurs, un double, et l'époque de sa délivrance répond à une coïncidence trop caractéristique dans l'affaire pour qu'ils aient confondu le millésime sans calcul et donné comme antérieur au 16 Janvier 1882 ce qui a suivi *cette date à retenir*.

Au surplus, on trouve la preuve des recherches bien naturelles que M. Duthoit avait faites dans ses archives, sinon avant de faire arrêter Castrique, du moins avant de déposer, dans ce fait que l'allégation, la *précision de chiffres* « mais jamais ce crédit n'a dû dépasser 140,000 fr. au maximum » est confirmée par les situations mensuelles de crédits que nous avons reproduites plus haut, du moins jusqu'à la fin de 1881, et l'on va voir pourquoi la période devait s'arrêter là. Entre 1880 et 1884, en effet, une Soumission pourtant bien importante, soumission *illimitée* et comme *chiffre* et comme *durée de validité*, avait remplacé la précédente. M. Duthoit n'avait eu garde de l'oublier, malgré le silence dont il la couvre « Cela lui échappe implicitement à lui-même dans cette déposition du début que nous examinons « Aux premiers jours de Janvier 1884, Castrique » s'est présenté chez nous en nous disant **que la douane désirait DÉSORMAIS avoir** » **un cautionnement fixe pour une somme déterminée** ».

Il savait donc bien, à ce moment même, qu'avant les « premiers jours de Janvier 1884 » on marchait sous la garantie d'un cautionnement illimité. Pourquoi donc, dans sa déposition du 23 Mai (cote 79), déposition à laquelle j'assistais, assigné que j'étais moi-même, pourquoi, au Juge d'Instruction qui lui disait « N'aviez-vous pas, avant l'acte portant la date du 1er Janvier » 1884 (350.000) cautionné Castrique pour une somme et une durée de temps illimitées » répond-il « L'Administration des Douanes m'a récemment (depuis l'arrestation Castrique) donné communi- » cation de ce document **que j'avais perdu de vue !** » Comment, « perdu de vue ! » A quoi se rapportait donc cette allusion sans doute *inconsciente et instinctive* de votre déposition du premier jour transcrite plus haut, « la Douane désirait *désormais* avoir un cautionnement fixe *pour une somme déterminée* » ?

Il est vrai qu'à cette date (23 mai) *l'impression à faire naître* n'était plus la même, et on comprendra sur quel terrain se débattait M. Duthoit dans le moment où il dit « avoir perdu de vue » le cautionnement illimité, si on lit cette riposte que sa réponse lui attira de la part du juge d'instruction. « Comment se fait-il donc alors, en présence de l'engagement dont les conséquences « pouvaient être désastreuses pour vous, que vous eussiez hésité à accepter de cautionner Castrique « pour la somme de 350,000 fr. » On voit par ces mots de quoi il s'agissait ce jour-là. Apprenant que MM. Duthoit et Thomassin avaient, avant janvier 1884, engagé jusqu'à l'illimité la signature de la société au capital de 8 millions dont ils disposaient comme gérants, le magistrat instructeur ne comprit pas comment il pouvait être vrai qu'un maximum éventuel, bien faible comparativement (350.000), réclamé *sur l'initiative soudaine et imprévue de tous du seul Receveur Principal des Douanes récemment entré en fonctions*, eut pu leur paraître un engagement important comme chiffre, et périlleux au point qu'ils ne l'aient pas signé, alors qu'il leur avait semblé tout simple jusque-là d'engager en faveur de leur même client l'avoir entier de leur Société. A cela, M. Duthoit ne put à proprement parler trouver de réponse et on se l'explique. Voici tout ce que sa présence d'esprit lui suggéra : « Je vous répète que je croyais que ma signature sur l'acte de soumission du « 1ᵉʳ janvier 1884 n'avait été donnée que pour 50,000 fr. (quel rapport entre ceci et la question « posée ?) et d'autre part, l'engagement illimité dont vous me parlez et qui a précédé celui du « 1ᵉʳ janvier 1884 ne paraissait pas avoir à mes yeux l'importance que vous lui attribuez, car je « considérais que nous n'étions engagés vis-à-vis de la douane que pour chaque signature donnée « par nous sur les effets. »

« Demande. — En un mot, à supposer que l'acte eut été de 350,000 fr., cet acte n'était-il pas » vraisemblable, en raison de vos précédentes relations avec Castrique, vis-à-vis de qui vous « étiez engagé comme caution d'une manière tout-à-fait illimitée. »

« Réponse. — *Je vous répète que je n'ai jamais pensé m'être engagé que pour mes avals*, sur chaque « obligation de douane que Castrique nous donnait à signer. »

A qui un banquier peut-il espérer faire croire qu'il signe sans le lire un contrat qui l'engage pour le compte d'un tiers jusqu'à concurrence de la totalité de son actif ? C'est pourtant ce qu'essayait M. Duthoit vis-à-vis du juge d'instruction, et il suffit, pour en avoir la preuve, de jeter les yeux sur le texte de l'engagement illimité dont il parle. En voici la reproduction :

Que dit cet engagement, dont la caution déclare, du reste, avant de le signer, « avoir pris « connaissance » ? Que les droits relatifs aux marchandises enlevées dans la journée seront payés le lendemain avant midi. Sous quelle forme aura lieu le paiement ? En numéraire *ou bien* en traites, suivant *que le préférera finalement le seul Receveur Principal.* La question des avals est là si secondaire qu'elle n'est même pas précisée : elle disparaît en présence du but même, de la portée véritable et presque unique de l'engagement, qui consiste à *garantir le paiement des droits sous une forme quelconque*; il suffira qu'il plaise au Receveur Principal de *préférer du numéraire* à des traites *pour que la caution à défaut de Castrique*, **verse ce numéraire** *le lendemain avant midi.* Au surplus, s'il ne s'était agi que de mettre un aval sur des traites, à quoi bon un engagement général ? L'aval porté sur chaque effet n'aurait-il pas suffi ?

Personne ne saurait donc prendre au sérieux cette commode allégation de M. Duthoit. « Nous ne nous croyions engagés que pour les traites ». Je dis « commode », car en somme, tout, dans la cause, est dans la question de savoir s'il a dit là la vérité.

Reprenons sa déposition au point où nous l'avons interrompue.

« Aux premiers jours de janvier 1884, Castrique s'est présenté chez nous dans nos bureaux en « nous disant que la Douane désirait avoir un cautionnement fixe pour une somme déterminée, « et c'est alors qu'il nous soumit un projet d'acte de cautionnement pour une somme de cent « mille francs. L'acte écrit de sa main et portant la date du 1er janvier 1884 porte en toutes lettres « la somme de cent mille francs. Nous avons fait observer à Castrique que nous ne pouvions pas « nous rendre caution envers la douane pour une somme aussi considérable et M. Thomassin « ratura lui-même les mots cent mille francs et écrivit en marge cinquante mille francs. »

On a vu plus haut M. Duthoit déposant en justice que jamais l'ouverture de crédit faite par sa maison à Castrique n'avait excédé *cent quarante mille francs* au maximum. Nous allons encore le prendre en flagrant délit de contradiction avec les faits. Si dans les situations mensuelles de crédits nous prenions des chiffres au hasard, ou si nous nous arrêtions aux derniers, nos adversaires pourraient objecter, peut-être, que les traites Castrique ayant été, d'après eux, grandement majorées après coup, leur total ne signifie rien comme preuve à opposer aux déclarations qu'ils ont faites. Cette ressource leur manquera si nous nous en tenons *aux traites qu'ils ont eux-mêmes payées à l'échéance*, ainsi qu'ils en sont convenus. Or, relevant, sans chercher ailleurs, une déposition de M. Duthoit lui-même, déposition du 9 octobre, c'est-à-dire postérieure de cinq mois à l'ouverture de l'instruction criminelle (cote 94), je lis cette déclaration de lui, que confirme, d'ailleurs, l'expert comptable :

« Jusqu'au moment où Castrique n'avait pas commencé à faire ses faux, *c'est-à-dire jusqu'au* « 24 *octobre* 1882, toutes ses obligations de douane étaient payables chez nous. »

Voyons maintenant, quelle somme pouvaient représenter à cette époque « toutes les obligations « de douane » de Castrique, cautionnées par MM. Duthoit-Thomassin, et tenons-nous-en aux mois qui précèdent immédiatement la date même du 24 octobre 1882 donnée par M. Duthoit. Nous trouvons aux situations mensuelles des crédits :

Septembre 1882 . . . . 223.128
Août 1882 . . . . 234.229
Juillet 1882 . . . . 209.114
Juin 1882 . . . . 220.582

3

auxquels ils faudrait ajouter, pour avoir le total véritable des couvertures données vis-à-vis de la Douane, la somme correspondant aux droits afférents à des marchandises enlevées avant tout règlement, et qui était souvent assez forte, car, dans la nomenclature détaillée des traites Castrique, telle qu'elle figure sur les registres officiels de comptabilité, nous relevons, par exemple, des chiffres comme ceux-ci : du 15 au 27 décembre 1881, trois traites donnant ensemble à elles seules 60.804 fr. 02 c.; une seule est de 38.397 fr. 17 c. — du 16 au 18 mars 1882, nous trouvons 45.810 fr. 57 c.. Je n'insisterai pas davantage et j'aurai prouvé cependant 1° que MM. Duthoit n'était pas dans le vrai en donnant 140.000 fr. comme le maximum qu'eût jamais atteint *à sa connaissance* le crédit en Douane de Castrique et de sa maison ; 2° que si Castrique a présenté en effet à M. Duthoit et Thomassin un acte libellé à cent mille francs, et qu'ils l'aient repoussé *par le motif donné par M. Duthoit dans sa déposition*, savoir, qu'il ne pouvait se rendre caution vis-à-vis de la douane « *pour une somme aussi considérable* », le mot « *considérable* » est un mot voulu, car il suppose une impression qui ne peut avoir existé. On s'étonne, qu'en donnant au juge cette partie de ses explications, M. Duthoit n'ait pas réfléchi que leur début le démentait lui-même, attendu qu'il avait ainsi commencé : « Jamais ce crédit n'a dû dépasser *cent quarante* mille francs » : comment cent mille seulement auraient-ils pu paraître une « somme aussi considérable » à la personne même qui a dit un instant avant, dans sa revue rétrospective « nous avons ainsi continué à donner notre signature.....
» mais jamais ce crédit n'a dû dépasser cent quarante mille francs au » maximum ». La forme employée à ce moment-là ne traduit-elle pas, au surplus, le désir d'exprimer que jamais on ne s'est imprudemment engagé en faveur de Castrique, **puisque** (sous entendu), on n'a point dépassé 140.000 fr.? Donc, on considère cette somme comme très en rapport avec ce que l'on pouvait sagement accorder, — donc, quand on qualifie quelques lignes plus loin le chiffre de cent mille d'**aussi considérable**, on s'applique à faire naître une impression, plutôt qu'à retracer les faits.

Ce qualificatif « considérable », appliqué à « Cent mille francs », n'est du reste point exclusif à M. Duthoit, et nous allons le retrouver dans la bouche de M. Thomassin, dont voici la déposition initiale, effectuée quatre jours après celle de son collègue (9 mai, cote 74).

« Je confirme dans tous ses détails la déposition que vous a faite, le 5 mai courant, mon associé » M. Duthoit. Ainsi que vous le savez, c'est depuis l'année 1880 que nous avons fait une ouverture » de crédit à J.-B. Castrique. Au commencement de cette année (1884), cette ouverture de crédit » a été renouvelée dans les circonstances suivantes. »

C'est ici le lieu de remarquer avec quel soin, conforme à celui de son co-gérant, M. Thomassin glisse sur les soumissions qui sont intervenues entre 1880 et 1884 : c'est encore la commode omission dont il fut question plus haut. Reprenons :

« J.-B. Castrique est venu nous trouver avec un projet d'acte dit soumission, tout entier écrit » de sa main. Cet acte portait que J.-B. Castrique déclarait s'engager pour une somme de » 100,000 fr. pour le paiement des droits de Douane, avec notre caution pour pareille somme. En » voyant ce chiffre considérable de 100.000 fr., j'ai dit à mon associé que nous ne pouvions pas » nous rendre caution de Castrique pour une somme aussi considérable. » Ainsi donc, M. Thomassin à son tour veut avoir été médusé par la somme ! Il y a même plus fort et l'on remarquera cette nuance : *ce n'est pas à Castrique*, qu'il dira simplement que sa prétention ne peut être prise au sérieux, c'est vers son associé, qu'il contera s'être tourné, de même qu'on se tournerait vers un être doué de raison, pour le prendre à témoin de l'énormité de quelque prétention. Mais M. Thomassin ne croit même pas avoir assez souligné vis-à-vis du magistrat instructeur et il continue en ces termes : je reprends la fin du passage en le complétant :

« En voyant ce chiffre considérable de 100,000 fr., j'ai dit à mon associé que nous ne pouvions » pas nous rendre caution de Castrique pour une somme aussi considérable ; en effet, Castrique, » le débiteur principal, était bien loin d'offrir une garantie suffisante. »

Quel dangereux, significatif et inutile commentaire que ces deux lignes de la fin ! M. Thomassin n'a-t-il pas signé là, lui-même, sa condamnation dans le litige présentement soumis au tribunal de Douai et ne s'est-il pas coupé la retraite ? Comment, 100,000 fr. de cautionnement pour quatre mois lui auraient fait *sincèrement* l'effet d'un chiffre si considérable ! ? Implicitement, n'insinue-t-il pas, de la sorte, que c'était là tout une innovation au regard de Castrique, si bien qu'il se serait tourné vers son associé comme pour se consulter avec lui, — comme s'il s'était plutôt écrié qu'en bonne conscience on ne pouvait vraiment s'engager pour des sommes pareilles avec un homme présentant des garanties si peu en rapport avec un chiffre de cette ampleur. Comment vous risquez-vous à provoquer ainsi la justice à qualifier vos soi-disant étonnements, vos soi-disant effrois de l'importance de ce chiffre, vous qui saviez si bien, au dedans de vous-même, que dans l'instant précis où l'on vous présentait, prétendez-vous, cet acte préparé pour cent mille, le crédit en Douane de ce même client fonctionnait dès longtemps et très activement en vertu d'un autre acte, sur lequel vous aviez livré au même homme la signature de votre société, non pour 100,000 fr., mais pour l'illimité ?

Bien loin d'être ce dont vous déposez, la substitution de cent mille francs à ce qui existait eut donc été de votre part la révocation de vos imprudences, et inconsciemment, votre associé M. Duthoit, le laisse percer lui-même par ces mots de la déposition première du 9 mai dont vous venez de dire que vous « la confirmez dans tous ses détails. »

« M. Thomassin ratura lui-même les mots « cent mille francs » et écrivit en marge « cinquante » mille francs ». **C'était en effet à ce chiffre que nous voulions RÉDUIRE notre** » **ouverture de crédit**. »

« **Réduire** » est-il écrit ? Que deviennent donc et votre étonnement de prétentions censées nouvelles et quasi folles, alors qu'il se serait agi pourtant de descendre de l'illimité à cent mille ? Et quant à votre associé M. Duthoit, comment laisse-t-il échapper ainsi le 5 mai, dans cette déposition dont vous « confirmez tous les détails », qu'il a voulu *réduire*, et plus tard, le 23 mai, répondra-t-il à l'instruction qui lui demandera compte de la soumission illimitée qu'il a soigneusement passée comme vous sous silence, « l'administration des douanes m'a récemment donné connaissance de ce document **que j'avais perdu de vue !!!** »

« **Qui trompe-t-on ici......** » s'écrierait **Figaro**.

Il est vrai que ce même 23 mai, vous dites et vous répétez (M. Duthoit) que vous ne vous êtes jamais crus engagés que pour vos avals sur les traites. Supposons un instant que vous ayez dit vrai. Mais alors, en quoi vous importait donc le montant de la soumission générale ? Pourquoi repousser 100.000 fr. ou bien 350.000 fr. Si vous n'étiez engagés que pour vos avals et que votre caissier eût reçu les ordres que vous avez dits, signer une soumission portant comme marge un milliard ou 50,000 fr., c'était tout un ; — et le magistrat instructeur n'a pu se retenir de vous en faire la remarque.

Peu vous importera, sur le terrain où vous vous êtes mis, vous ne pouvez revenir en arrière et reprendre une déclaration qui est pourtant la pierre de touche de ce que fut votre récit tout entier. Aussi vous verra-t-on quatre mois plus tard (cote 86) dire négligemment à l'Instruction à propos de l'acte illimité sous l'empire duquel vous venez de donner à Castrique des sommes énormes dans l'espace de deux années. « Il est vrai que nous avons signé **une FORMULE** de la douane, » formule qui, **PARAIT-IL**, contenait un engagement illimité, mais, *dans notre pensée*, nous » n'avons entendu nous engager que jusqu'à concurrence du montant des obligations par nous » avalisées. »

On a vu plus haut quel en est le texte, comme quoi vous vous y êtes engagés à tout verser *en numéraire*, si la douane l'entendait ainsi, et non en traites, et comme quoi la question des avals n'en découle que par voie de conséquence.

Et si la soumission illimitée a dû être remplacée par une autre, est-ce à dire que la réflexion vous fût venue, ou que sur des renseignements quelconques, sur quelque défiance inspirée par les tiraillements que vous affirmerez plus tard avoir existé dès longtemps entre vous et Castrique, vous ayez pensé sage de transformer vos responsabilités et vous ayez dès lors, de votre initiative, révoqué l'acte illimité à la faveur duquel s'effectuaient depuis si longtemps ces affaires actives au point que Castrique ouvrait dans la ville et au dehors succursale sur succursale...... et vous le saviez si bien que vous y placiez vos domestiques (cote 96) ? En aucune façon, le hasard a tout fait à l'écart de vous et vous n'êtes pour rien dans la transformation de vos engagements. A la fin de 1883, le Receveur Principal des Douanes meurt subitement ; son successeur étudie la situation des crédits ; il lui déplaît de ne pas voir de chiffre précisé sur la soumission de Castrique, et, sans préparation, par lettre du 18 janvier 1884, il réclame à ce négociant une soumission nouvelle précisant une marge formelle, un maximum déterminé. Castrique est allé vous apprendre la sommation qui lui était ainsi venue. C'est en dehors de vous que cette précision a été jugée nécessaire et si l'ancien Receveur principal des Douanes avait vécu, le vieil engagement illimité fonctionnerait encore et sans conteste. Cessez donc de prétendre avoir été impressionnés par un chiffre qui n'était rien, vous le saviez de reste, à côté des engagements que vous aviez dès longtemps contractés et qu'il vous convenait de taire au Juge d'Instruction, car la portée de vos accusations s'en serait trouvée singulièrement ébranlée. Ce chiffre n'était rien non plus, vous ne l'ignoriez pas, à côté des sommes payées par votre propre Caisse quand y rentraient à l'échéance les traites de Castrique, rien non plus à côté des 2 millions ou peu s'en faut que vous lui avez donnés en espèces vous mêmes, en moins de 3 ans, pour payer ses comptes de Douane. Au surplus, voyons donc si Cent mille francs par rapport à Castrique étaient faits pour vous effrayer, pour vous prendre de court au point que vous vous retourniez du côté de votre associé comme pour le prendre à témoin de la folie de la requête. Ce chiffre est bien prédestiné dans l'affaire, car nous le retrouvons au dossier comme un témoin irrécusable à la charge de votre système de déposition. A cette même époque, où votre caisse payait les traites de Castrique pour les sommes que l'on a vues, cet homme faisait des spéculations sur des places diverses, Le Hâvre et Nantes notamment. Une affaire, engagée en participation par lui et un négociant de Nantes, tourna si mal qu'il se trouva dans la nécessité de régler pour sa part, audit négociant, une somme qui ne s'éloignait guère de celle qui précisément vous étonna si fort quand il en fit le montant général de la soumission à laquelle vous dites avoir opposé le refus sur lequel vous avez insisté *et que vous paraissez craindre que l'on oublie.* Castrique n'avait pas la somme, et c'est votre secours qu'il invoqua. L'idée ne vous vint pas, sans doute, de vous tourner alors une première fois du côté de votre associé pour sourire avec lui de la prétention, car nous voyons par le dossier (cote 187), que vous avez adressé au négociant susdit, M. Poulain, de Nantes, vers la fin de 1881, un crédit pour Castrique, **précisément de Cent mille francs tout au juste**, et que M. Poulain ne manqua pas d'en faire état, si bien qu'il tira sur votre caisse :

« D'ordre et pour le compte de M. Castrique les traites ci-après énoncées qui furent exactement » payées aux échéances :

» 1° Au 18 octobre 1881, trois traites de chacune 10,000 fr . . . . 30,000^{fr.} »

» 2° Au 2 janvier 1882, trois traites chacune de 10,000 et une de 66 fr. 90. . . 30,066 90

» Enfin au 17 janvier 1882, pour solde trois traites chacune de 10,000 fr. et une

» de 126 fr. 75 . . . . 30,126 75

90,193^{fr.} 65

» Ce qui forme un total de quatre-vingt-dix mille cent quatre-vingt-treize francs soixante-cinq » centimes. »

Et simultanément, ne l'oublions pas, votre caisse payait, à cette même fin de 1881, 140,195 fr. de traites de douane pour Castrique dans les 4 derniers mois, soit, au total, 240,195 fr. que vous ne pourrez prétendre, ceux-là, n'avoir pas bien connus vous-mêmes, et encore n'aviez-vous même pas alors, cependant, la sûreté partielle de 50,000 fr. prise plus tard sous forme d'hypothèque. Doit-on donc croire que les « garanties suffisantes » pour justifier de votre part la signature d'un crédit de cent mille francs n'existent qu'à la condition pour vous d'apprendre que, dans le moment même, votre client joue sur les sucres et vient de manquer un coup de Bourse qui lui coûte pareille somme ? Ce que vous avez fait permet de vous le demander sous cette forme.

Il ne saurait nous convenir d'être exposés, peut-être, à ce qu'on tente d'insinuer que nous nous emparions de quelque locution qui aurait échappé à nos adversaires dans leurs dépositions pour en exagérer le sens et la portée. Aussi, pour bien établir à quel point MM. Duthoit et Thomassin s'attachaient à vouloir persuader à la Justice qu'une demande du crédit de 100,000 fr., émanant de Castrique les avait tant surpris, leur avait paru folle par *l'importance de la somme*, au point de ne pouvoir la prendre au sérieux, tant elle contrastait sans doute, voulaient-ils donner à penser, avec les engagements écoulés ou en cours de leur part avec le même homme, nous ne nous en tiendrons pas à la reproduction des dépositions du début de l'un et puis de l'autre associé, et, quand on aura vu la même idée dominer plus catégoriquement peut-être encore une troisième fois, on concevra sur l'incident si capital dont nous parlons une intime et ineffaçable impression identique à la nôtre. Les dépositions que nous avons données sont, nous le répétons, les déclarations initiales des deux plaignants justifiant l'accusation portée par eux. C'est en somme, l'exposition du sujet, et comme un chapitre d'histoire. Elles avaient eu lieu les 5 et 9 mai. L'instruction poursuivit son cours, le 16 mai, par une confrontation de Castrique avec MM. Duthoit et Thomassin. Nous y lisons ceci (cote 76) :

« Le témoin Thomassin dit :

« Voici comment les faits se sont passés. M. Castrique est venu d'abord avec un acte de sou-« mission, en demandant de le cautionner pour une somme de 100,000 fr. **Ce chiffre me**

« **PARAISSANT énorme**, j'ai dit à mon associé M. Duthoit que nous ne pouvions pas
« l'accepter, et moi-même j'ai biffé etc.... ». Ainsi, c'est bien *à cause* du chiffre et *parce que* ce
chiffre aurait soi disant semblé " **énorme** ".

Qui aura lu ce qui précède ne pourra dès lors contester que l'impression traduite *à l'apparition
de la somme Cent mille francs* par MM. Duthoit et Thomassin l'un et l'autre, comme ayant été la
leur, fut une impression *simulée* et dès lors *concertée*, puisque tous deux feignent de l'avoir éprouvée,
ce qui n'est à aucun degré soutenable. Ils avaient donc un but, et ce but, nous devons le mettre
en lumière.

Revenons à la déposition première de M. Thomassin.

« Castrique est venu nous trouver avec un projet d'acte tout entier écrit de sa main. ....
« En voyant ce chiffre considérable................... En conséquence, je raturai moi-même sur le
« projet de soumission les mots « Cent mille » et j'écrivis en marge : « cinquante mille francs ».

« Lorsque Castrique revint, nous lui avons fait connaître notre refus de nous engager pour plus
« de 50,000 fr. Castrique a accepté et il est revenu avec un nouvel acte écrit de sa main et portant
« seulement la somme de 50,000 fr. »

« Nous avons conservé le projet primitif et nous avons signé comme caution l'acte de soumission
« de 50,000 fr. que Castrique a remis à la douane ».

Examinons de près ce qu'entend retracer ce passage, car nous y trouverons en partie la clef du
dessous des cartes. Je prends, tel qu'il l'a fait, le récit de M. Thomassin. Castrique lui présente
donc un acte préparé pour Cent mille francs ; cette somme lui paraît trop énorme pour qu'il puisse
en être question, et l'extrême limite de ses engagements ne saurait dépasser 50,000 fr. Qu'a-t-il à
faire et que ferait chacun en pareil cas ? De deux choses l'une. Refuser de signer et s'en tenir là,
ou bien signer, mais en faisant précéder sa signature de la somme à laquelle on entend se tenir.
C'est du reste ce que font *toujours* une grande partie des cautions en Douane *et particulièrement
les banquiers.* C'est, soit dit en passant, ce qu'aurait notamment compris *le Président du Conseil
de surveillance de la banque Duthoit Thomassin elle-même*, lequel, bien que légitimement porté,
par sa situation, à ne rien critiquer des agissements des gérants de la Banque vis à vis du Magistrat
instructeur, s'exprime pourtant en ces termes, qui laissent transparaître, au travers de leur pru-
dente modération, quelle était sa pensée véritable (cote 80).

« Ces Messieurs (Duthoit et Thomassin) se sont du reste empressés de nous faire connaître la
« plainte formée par eux contre Castrique et **c'est alors** qu'ils nous ont parlé d'un projet d'ou-
« verture de crédit d'une somme de 100,000 fr. qui leur avait été présenté par Castrique et sur
« lequel ils avaient remplacé, m'ont-ils dit, les mots cent mille francs par les mots Cinquante
« mille francs. *Mais ce document que vous me représentez n'avait jamais été mis je le répète, sous
« mes yeux. Si je l'avais vu, j'aurais peut-être conseillé qu'on* **l'envoyât immédiatement** *avec
« cette correction* **au Receveur des Douanes** *avec le bon pour et la somme en toutes lettres
« au dessus de la signature de la caution* ».

C'était bien en effet l'action naturelle, c'était bien aussi la plus sage, c'était en tout cas la plus
sûre, c'était presque la seule croyable à propos de *crédits en Douane*, car, en ces matières, l'usage
constant a toujours été, est toujours et sera toujours, que les cautions s'empressent de se rapprocher
des comptables de la Douane au moindre nuage, au moindre incident : c'est trop indiqué par leur
intérêt pour qu'elles le négligent ; mais ce sont là, il est vrai, cautions allant droit leur chemin et
ne nourrissant point d'arrière pensée.

Quoi qu'il en soit, ainsi que l'a fait observer la Cour de Cassation, en droit, MM. Duthoit et Thomassin étaient libres de ne point agir ainsi qu'il vient d'être expliqué, c'est-à-dire *de ne point utiliser ce projet d'acte et d'en exiger un second* ; mais le droit et le fait sont deux, et le juge du fait est fondé à retenir ce qui, pour n'être point imposé par la loi, n'en a pas une moindre éloquence au regard du fond de l'affaire, pour asseoir sa conviction.

Admettons un instant que M. Thomassin n'ait pas songé, pourrait-il dire, à utiliser l'acte préparé pour 100,000 fr. ou bien qu'il ne l'ait pas voulu ; et acceptons cette hypothèse, qu'en raturant, comme il le dit, les mots Cent mille et en portant cinquante mille en marge, il n'ait eu d'autre but que de préciser ses dispositions, tout en traitant avec quelque sans-gêne un papier à ses yeux sans valeur, puisqu'il n'aurait point accepté son contexte. Quel était le mouvement instinctif que l'on voit d'ici dans ce cas ? Vivement, comme pour accentuer son verbe, comme pour peindre le haussement d'épaule provoqué par l'énormité de la prétention, il sautait sur sa plume, biffait cent mille, traçait rapidement cinquante en marge, et jetait son papier ainsi mis sans emploi, au solliciteur éconduit, *qui en restait, en somme, au moins propriétaire !!* ou bien encore, sa rature opérée, sa note marginale inscrite, il campait sous les yeux de Castrique sa fin de non recevoir bien accentuée par la rature, puis, le feu. si c'était l'hiver, le panier si c'était l'été, recevaient ce projet mort-né. Quelle inspiration a pu pousser M. Thomassin à détenir pieusement ce contrat annulé par lui et sans emploi possible pour personne, et à l'enfermer sous triple serrure ? Il suffit d'avoir entrevu M. Thomassin pour que cette idée ne vienne à l'esprit de personne qu'il puisse être un maniaque soucieux de collectionner des papiers sans valeur. Il avait donc un but de longue main ! C'est cela sans conteste ; — et ce but, l'heure est venue de s'en expliquer nettement ; ce n'est pas nous qui l'aurons désiré. Ce papier sans valeur, les banquiers voulaient s'en faire un témoin éventuel ; c'était comme une contre lettre, une manière d'alibi. Ils voulaient, en cas d'accident, pouvoir sortir à point nommé ce qui leur semblait devoir être la preuve implicite irrécusable de ce qu'ils projetaient de soutenir s'il le fallait.

Le chiffre de 50,000 fr., pourquoi le choisit-on plutôt qu'un autre ? Pour le mettre en connexité avec cette créance hypothécaire sur les immeubles de Castrique qu'on possédait depuis deux ans, écart de temps certes bien prononcé, mais que partout, l'un comme l'autre associés, se sont donné de garde de jamais faire ressortir. On comprend leur raisonnement ; un gérant de maison de banque, — ces Messieurs l'ont dit eux-mêmes à l'Instruction, — ne doit engager comme caution la signature sociale, que vis-à-vis de gens présentant « **des garanties suffisantes** ». Il repousse cent mille francs, mais consent à signer jusqu'à 50,000 fr. ; le risque, dans ce cercle restreint, est couvert par une hypothèque égale à la marge totale. Qui donc pourrait, se sont-ils dit, les accuser jamais, dans ces conditions, de ne s'être point entourés de ces « garanties suffisantes » ? Mais ce qu'ils ont conté, ne s'est point passé comme ils ont entrepris de le faire croire et n'aurait même pas pu s'être passé comme ils le disent, s'il ne s'était agi simplement et sans artifice que d'accorder à un client ou de lui refuser de s'engager éventuellement avec lui jusqu'à concurrence d'une marge possible de Cent mille francs tout au plus. En voici la démonstration :

N'oublions pas qu'il s'agissait de substituer, *à la requête de la Douane*, une somme précise à un engagement illimité, sous l'empire duquel on marchait depuis une longue période. N'oublions pas, non plus, les 240.195 fr. payés par les banquiers pour Castrique, fin 1881, et dans lesquels figurait ce crédit, *justement de cent mille francs*, qu'ils lui donnèrent pour couvrir le négociant de

Nantes avec lequel il venait de manquer un coup de Bourse sur les sucres. Et constatons qu'en qualifiant d'un air si dégagé, presque si dédaigneux de « formule de la Douane », « perdue de vue » par lui soi disant, et qu'il n'aurait point remarqué avoir constitué de sa part un engagement sans limite, (« formule qui, **paraît-il** (!), contenait un engagement illimité » cote 86), M. Duthoit jouait incontestablement l'ignorance de matières qu'il connaissait pourtant fort bien, d'autant que Castrique n'était pas à la Douane le seul dont il fût caution ; — qu'il ne l'était pas moins, en effet, de la Société de Lille et Bonnières ; — et que la soumission de cette Société était et est parfaitement arrêtée à un chiffre précis (300,000 fr.). L'engagement sous forme illimitée, il le savait dès lors pertinemment, n'était en aucune façon une « formule de la Douane », c'est-à-dire comme un papier bureaucratique dont la forme imposée et stéréotypée s'appliquerait à tous et que l'on signerait, dès lors, presque sans lire, tant on aurait peu, par le fait, à prendre au sérieux son banal contexte. On ne saurait avancer, non plus, qu'au moment où Castrique demanda à ses banquiers à la fin de janvier 1884, de substituer une somme précise à un engagement *illimité*, ceux-ci n'aient pas eu la mémoire bien fraîche de la soumission *limitée* de Lille et Bonnières, car nous lisons sur les états périodiques de situation de crédits, qu'à cet instant précis, circulaient, avec leur propre aval, des traites remises à la Douane en paiement de droits par la Société de Lille et Bonnières, pour un chiffre total de 221.093 fr. — traites qui, dès longtemps à cette époque, se succédaient à intervalles rapprochés, ont continué de naître depuis lors, et n'ont cessé qu'au cours de la présente année, alors qu'ayant appris que la Société Duthoit, Thomassin et Cᵉ, devenue E. Thomassin et Cⁱᵉ, risquait fort de devoir se mettre en liquidation, nous avons dû signifier, en avril dernier, à la Société de Lille et Bonnières, que nous ne pourrions accepter désormais, à titre de caution, la signature E. Thomassin et Cⁱᵉ.

Ainsi donc, pour nous résumer, tandis qu'ils déposaient à l'instruction comme on l'a vu, MM. Duthoit et Thomassin connaissaient à merveille **la teneur spéciale** et les **conséquences** d'un engagement *illimité* contracté vis à vis de la Douane. On est donc bien édifié sur le caractère de leurs déclarations, quand ils font le silence sur cet engagement ; — quand simultanément, ils attestent en termes variés, si formels et plusieurs fois reproduits, qu'ils refusèrent d'y substituer un engagement **ramené** à cent mille francs, non point parce qu'il leur aurait convenu d'agir ainsi, pas davantage en vue de provoquer une rupture avec un client dont ils n'auraient plus voulu, moins encore parce qu'ils se seraient pris à concevoir des inquiétudes, mais uniquement, exclusivement, soulignent-ils avec soin, **parce que** une somme **pareille** leur aurait paru « **énorme** » s'appliquant à Castrique, et cela, encore **parce que** celui-ci n'aurait pas offert à leurs yeux de « garanties suffisantes ». Dans de telles conditions, d'où venait donc qu'ils eussent pu, auparavant et si longtemps, signer jusqu'à l'illimité ? Qu'ils répondent donc à cela ! D'où vient surtout, l'ayant pourtant signé, tout en ayant pareille opinion des « garanties » offertes par le bénéficiaire, d'où vient qu'ils n'aient jamais songé à rattraper, qu'ils n'aient jamais voulu, sans doute, rattraper cette compromettante signature ? Dira-t-on que les jours ont succédé aux jours sans qu'aucune particularité réveillât leur sollicitude engourdie, sans qu'aucun avertissement fît tomber de leurs yeux de soi disant écailles ? On ne pourrait nous l'objecter, car nous répondrions simplement par cette date du 30 mars 1882, date de la créance hypothécaire qu'ils se firent donner sur les immeubles de Castrique, et *qui suivit, à deux mois et demi d'intervalle, l'engagement illimité du 16 janvier précédent*, lequel continuait encore cependant, deux ans plus tard, à faire la loi des parties, quand une injonction soudaine et bien inattendue de la Douane vint, en janvier 1884, *réclamer la transformation du modus vivendi et frapper comme un coup de théâtre sur MM. Duthoit Thomassin*, aussi bien que sur leur client.

L'ensemble et l'enchaînement de ces citations établissent que, dans cette affaire, l'attitude à l'instruction, et conséquemment vis-à-vis de la Douane, de MM. Duthoit et Thomassin, a procédé *d'un plan mûri* et n'a pas été un récit : ce caractère, il importait de le bien établir au point de vue de l'ensemble des choses, car c'est une pierre de touche, une sorte d'échantillon. Ainsi disparaîtra, s'il existe, ce préjugé qui nous avait portés nous-mêmes, tout d'abord et comme par instinct, à tenir pour exacte une version de MM. Duthoit et Thomassin, bien plutôt qu'une version inverse opposée par Castrique.

S'il ne s'était agi pour nous que de prouver à la Justice, que nous contestons à bon droit la réalité de l'effet de surprise qu'auraient éprouvé les banquiers en raison de la somme portée sur ce projet d'acte, préparé pour Cent mille francs, présenté à M. Thomassin soi disant *avant* l'acte de 350,000 fr. plus tard argué de faux par lui, **et qui est aujourd'hui le procès**, nous n'avions pas à en dire si long, et nous ne doutons pas qu'à cet égard ceux qui nous auront fait l'honneur de nous lire, ne soient fixés depuis longtemps. Il nous aurait suffi de nous référer simplement, par exemple, à la confrontation du 9 octobre 1884 entre Castrique et M. Duthoit (cote 96) questions 27, 28 et 29es posées par le Juge à la demande de Castrique :

27e « .... Ne deviez-vous pas 186.000 fr. à Castrique au 30 septembre 1883 ? »
28e « .... 161.000 fr. au 1er janvier 1884 ? »
29e « .... 144.000 fr. au 2 mai 1884 ? »
(Suivait la décomposition).

A chacune de ces questions, M. Duthoit fait la même réponse :

« Il me serait impossible *maintenant* de vous donner un renseignement *précis* sur l'ensemble de ces chiffres. Je vous enverrai une note détaillée..... »

Il ne songe donc plus, en octobre, au soi-disant étonnement qu'aurait causé à son associé et à lui l'importance et la seule importance de la somme, étonnement qui serait résulté de l'opposition d'un pareil chiffre et du mouvement d'affaires de Castrique avec la banque. M. Duthoit déclare ne pouvoir être « *précis* » qu'après avoir revu ses livres ; il admet donc, a priori, la vraisemblance, la possibilité tout au moins, de comptes créditeurs de cette envergure, bien que sous réserve de rectifications de détail. L'idée ne lui vient plus, en tout cas, de sursauter, ni même de protester contre les totaux. N'a-t-on pas la preuve, en quelque sorte matérielle, ou l'aveu implicite du moins, de ce que nous soutenons ?

Il nous aurait, d'ailleurs, presque suffi de faire ressortir que l'allégation de Castrique que son avoir chez MM. Duthoit et Thomassin était toujours maintenu à un chiffre élevé, du moins à partir de ce qu'il appelle la « convention secrète » a été confirmée, en somme, par le Président même du Conseil de Surveillance de la Banque, lequel, à propos de la soumission générale cautionnée, dit au magistrat instructeur (cote 80) « nous étions d'autant moins inquiets, malgré les renseignements » peu favorables fournis par l'opinion publique sur Castrique, que cet individu **était toujours** » **créditeur dans notre maison de sommes importantes.** »

Un banquier qui détient dans sa caisse, au compte d'un de ses clients, une créance hypothécaire de cinquante mille francs, et simultanément, des sommes importantes, ne peut pas avoir éprouvé, à la seule apparition des mots **Cent mille** francs, le genre de surprise et d'effarement presque, que M. Duthoit et M. Thomassin se sont attachés à dépeindre, à paraître avoir ressenti, et ressenti en motivant ainsi leur impression : **EN VOYANT ce chiffre considérable**, et ailleurs, **ce chiffre ME PARAISSANT énorme. »** Leur commentaire les trahit. Et maintenant que l'on est édifié **sur ce point capital**, maintenant qu'on sait que de la production de ce projet fictif, MM. Duthoit et Thomassin avaient fait la clef de voûte du plan qu'ils avaient arrêté comme on contracterait une assurance, le moment nous paraît venu, pour l'intelligence de ce qui suivra, d'exposer quel était ce plan, et ce qui le nécessita. C'est toujours au dossier d'instruction criminelle, bien entendu, que nous emprunterons ce résumé ; — rien n'est ici de notre crû.

Ce dossier nous fait prendre Castrique adoptant pour banquiers au cours de 1880 MM. Duthoit Thomassin et Cᵉ, après MM. Verley Decroix. Il avait une maison de commerce à Lille, mais aussi une maison au Hâvre. Celle-ci n'était assurément pas sans importance, car il résulte de la déposition du Directeur des Docks du Hâvre, M. Dupont (cote 192) que la Cᵉ des Docks-Entrepôts a avancé sur warrants à Castrique les sommes ci-après, savoir :

Deuxième semestre de 1880 : trente et un mille six cents francs,

Année 1881 : *Deux millions six cent dix mille quatre cents francs*,

Année 1882 : Quatre cent quatre-vingt-trois mille cinq cents francs.

De ces données authentiques, il résulte, d'une part, que Castrique imprimait au Hâvre un grand essor à ses affaires sur les cafés et sur les sucres au moment même où il portait sa clientèle chez MM. Duthoit et Thomassin. D'autre part, que ses spéculations se mouvaient dans un vaste cadre, et on comprend qu'un commerçant qui, sur une des deux places où il opère, obtient dans une année (1881) d'une compagnie des plus sérieuses, des avances sur marchandises dépassant deux millions et demi de francs, soit exposé à des soubresauts se chiffrant par des sommes énormes. Simultanément, à Nantes, en 1881 aussi, on le voit, d'ailleurs, spéculer sur les sucres et perdre avec M. Poulain, sur une seule affaire, la somme ronde de Cent mille francs, que ses banquiers, MM. Duthoit et Thomassin règlent pour lui. Simultanément enfin, il importait par la Douane de Lille, toujours en 1881, des cafés dont il payait les droits en traites avec la caution Duthoit Thomassin et Cᵉ, pour une somme totale de 493,614 fr., soit en chiffre rond, *un demi-million*, qu'il faudrait multiplier par un coefficient pour avoir le total qu'il représente dans le mouvement de caisse de la banque Duthoit Thomassin, car ces messieurs ne se bornaient pas à fournir les fonds pour régler les traites de Douane échues, et c'étaient eux aussi qui négociaient le papier créé au sujet des mêmes cafés entre Castrique et ses acheteurs.

L'année prend fin en pleine activité pour Castrique, mais cette activité, sans doute surchauffée, ne lui fut point profitable, ainsi qu'il le déclare, ainsi que le dénote, par exemple, sa perte de Cent mille francs sur la place de Nantes, — ainsi, d'ailleurs, que nul ne le conteste.

Peu importera. Le 16 janvier 1882, MM. Duthoit et Thomassin s'engageront solidairement avec lui, vis à vis de la Douane de Lille, pour le paiement des droits afférents aux marchandises qu'il pourra recevoir, *jusqu'à l'illimité* et comme chiffre et comme durée de validité du contrat. On doit penser qu'ils ne s'étaient point préalablement renseignés sur sa situation, et que la perte de cent mille francs sur un coup de Bourse, perte qu'ils connaissaient d'autant mieux qu'à ce moment précis ils finissaient de la couvrir eux-mêmes (17 janvier 1882 — 30,126 fr., cote 187), ne leur parut pas porter sur une somme qui méritât d'attirer l'attention, vis à vis de ce client là.

La fortune persiste à être contraire à Castrique.

A la fin de janvier, éclate le krach de l'Union Générale, dont les effets pesèrent sur tous les cours. La baisse sur les cafés et sur les sucres fut désastreuse à Castrique, et le monceau de denrées coloniales que suppose l'avance de plus de deux millions et demi faite au cours de l'année précédente par la Compagnie des Docks du Hâvre, permet de se faire une idée de ce que purent être les proportions de ses pertes.

C'est bien ici le lieu de faire remarquer que Castrique aurait pu, si bon lui eût semblé, amonceler peu à peu et sans bruit, ses cafés à l'entrepôt de Lille aussi bien qu'à celui du Havre ou de préférence à lui ; — ne pas les warranter ; — puis, le stock créé, en faire, *en trois minutes*, la déclaration de mise en consommation à la Douane, **tout à fait à l'insu des banquiers, sa caution ;** — les écouler à l'intérieur durant les quelques jours séparant la déclaration à la Douane du moment où il aurait fallu régler les droits à la Recette Principale en vertu de la soumission ; — disparaître dans l'intervalle, et alors, tenus par l'acte *illimité* du 16 janvier 1882, MM. Duthoit et Thomassin n'avaient plus qu'à régler la Douane à sa place et sur l'heure, peut-être pour un ou deux millions de francs. La gravité d'un engagement de l'espèce, signé jusqu'à l'illimité, n'est donc nullement chimérique, *même pratiquement parlant,* comme on a tenté de l'insinuer, comme l'Expert comptable entreprendra, de son côté, d'en persuader le Juge d'Instruction ; et il n'était pas permis à M. Duthoit de traiter aussi négligemment qu'il lui a convenu de le faire, *la portée,* soi-disant platonique, de cet engagement illimité, lequel constituait, au contraire, une lourde imprudence à sa charge et à celle de son associé, en même temps qu'un pesant argument contre tous deux dans la présente discussion.

Au mois de Mars, Castrique n'eut plus d'autre parti à prendre que de venir trouver ses banquiers pour leur déclarer sa ruine, en leur en expliquant les causes. Leur propre maison n'était pas sans avoir subi elle-même le contre-coup du krach qui venait à peine d'éclater. Une révélation de la nature de celle de Castrique était donc bien faite pour leur donner à réfléchir, dans un moment où tout accroc de ce genre pouvait entraîner pour la banque des conséquences assurément au moins plus lourdes qu'elles ne l'eussent été en temps normal. Il fallut préciser, et Castrique rappela à MM. Duthoit Thomassin qu'il ne leur avait pas remboursé et ne pouvait leur rembourser les cent mille francs qu'ils venaient de régler à Nantes pour son compte ; puis, qu'en outre, circulaient à ce moment là, revêtues de leur aval, des traites de Douane pour 135,408 fr. 68, situation au dernier jour de février, soit ensemble 235,000 fr., chiffre rond, qui, à son défaut, resteraient à leur charge. La démonstration qu'il n'en pouvait être autrement, s'il était brusquement livré à lui-même, ne fut que trop facile à faire, mais Castrique entama aussitôt un plaidoyer pour persuader à ses banquiers qu'avec cette activité et cette intelligence des affaires qui lui avaient permis, parti de rien, de brasser des millions, il se faisait fort, avec du crédit, d'avoir bientôt fait de combler la brèche. Il renoncerait pour jamais à l'agiotage, et se consacrerait entièrement au commerce des cafés à importer à l'état vert et à vendre au détail, aussi bien qu'en gros, dans des magasins à lui, après torréfaction par ses soins. C'était, en somme, comme un concordat que demandait là

Castrique. Il raconte, — et nous le croyons sans peine, — que les banquiers l'ajournèrent au lendemain pour lui donner réponse.

Que se passa-t-il dans le tête-à-tête entre M. Duthoit et M. Thomassin, et quelles réflexions purent-ils échanger? Ils étaient là, c'est évident, placés en face d'un dilemme dont l'un et l'autre terme étaient faits pour donner un égal cauchemar. Si, de nouveau, ils engageaient en faveur de Castrique la signature sociale, nonobstant les révélations qui venaient de leur être faites, de quel nom leur Conseil de surveillance, l'apprenant, ne qualifierait-il pas cette action? Si, au contraire, refusant désormais leurs avals, révoquant la soumission générale illimitée qui venait à peine d'être déposée à la Douane, ils faisaient la part du feu et passaient à profits et pertes, la banque même qu'ils dirigeaient, déjà ébranlée par les conséquences du krach comme toutes les Sociétés de crédit, n'allait-elle pas en ressentir une atteinte fatale? Et par surcroît, ne virent-ils pas se dresser simultanément devant eux le souvenir si caractéristique de l'épisode à la suite duquel on leur avait confié la direction de la Banque? Il faut rappeler, en effet, qu'immédiatement avant eux, cette même banque avait pour directeur un M. Pérot sous la gestion duquel *une perte analogue* fut éprouvée sur la place d'Armentières. Le Conseil de surveillance n'y alla pas par quatre chemins : il convoqua les actionnaires, et M. Pérot dut partir. Sans doute, ce départ fut-il habillé du mot de « démission », car une Société en commandite par actions a trop d'intérêt à ne pas informer le monde de la Bourse des lacunes de sa gestion, pour afficher elle-même l'expulsion à laquelle elle procède du gérant qui l'a compromise. Mais la vérité, dans l'espèce, est néanmoins toujours connue ; aussi, les causes réelles de la transformation de la raison sociale Pérot et Cie en Duthoit, Thomassin et Cie, sont-elles restées de notoriété publique sur la place de Lille.

A tous les titres, les deux gérants se virent donc dans une impasse qui leur rendait bien difficile d'accueillir l'ouverture de leur client par la fin de non-recevoir immédiate et radicale qu'ils lui eussent sans doute opposée sans phrase, en toute autre circonstance.

Mais, rattraper 235,000 fr. tout en réglant les achats de marchandises à mettre en œuvre, en liquidant aussi des affaires engagées sur vingt points à la fois, ne pouvait être entrevu qu'au prix d'un grand essor. C'est sans doute ce qui fut envisagé dans la conférence du lendemain par Castrique, et bien compris par ses banquiers. A tant faire que de se risquer à lui fournir le moyen de couvrir lui-même le déficit, la nécessité s'imposait de le soutenir dans les proportions voulues. sinon mieux valait liquider de suite. Et cependant, ces proportions, qu'en aurait pensé le Conseil s'il les avait connues? Il fallait donc trouver une combinaison qui permît à la fois d'échapper à la censure du Conseil de surveillance et de donner en même temps à Castrique la force nécessaire pour se relever.

Le cautionnement illimité, fraîchement déposé à la Douane, s'y prêtait à lui seul. *Il était inconnu du Conseil de surveillance* (cote 80) et MM. Duthoit et Thomassin le savaient. Admettons, si l'on veut, que, quand ils l'avaient signé, ils n'en eussent pas bien exactement mesuré la portée véritable ; mais, au moment dont nous parlons, tout au moins, elle ne pouvait pas ne point leur apparaître lumineuse, d'autant que Castrique les aidait à la voir telle qu'elle était. Point n'était donc nécessaire de créer aucun acte pour donner à cet homme les crédits dont il allait avoir un besoin *immédiat*, ne fût-ce que pour faire de nouveaux achats et partir sur nouveaux frais. C'est alors qu'on imagina, n'ayant pas le choix des moyens, la combinaison suivante : Castrique réglerait en traites ses droits de douane jusqu'à concurrence des chiffres que besoin serait. Mais, pour prévenir des indiscrétions ou des délations au Conseil, de la part du personnel de la Banque, les traites présentées à l'aval de MM. Duthoit et Thomassin seraient *écrites en deux fois par Castrique* en vue de dérouter le Caissier. Celui-ci aurait reçu l'ordre de tenir un compte courant spécial des traites de douane, avec recommandation de prévenir dès que le total des effets simultanément en cours confinerait à une limite maxima déterminée, limite calculée de telle sorte que le Conseil de surveillance ne la dût point trouver déraisonnable, si l'on devait jamais en venir à traiter la question devant lui. Castrique se présenterait donc chaque fois et tout droit dans le cabinet même des banquiers avec ses traites; sur celles-ci figurerait la somme à faire inscrire au compte du Caissier, mais des blancs ménagés sur l'effet permettraient d'en transformer le montant dès que le caissier aurait servi son compte ouvert. A ce moment, Castrique finirait de remplir la traite et MM. Duthoit et Thomassin y mettraient enfin leur aval (l'eussent-ils mis, d'ailleurs, avant, que le fond eût été le même). Puis, comme il fallait pourtant avoir quelque donnée en vue de retenir ou de retrouver trace des importances *réelles*, — pour, à tel moment qu'il faudrait, pouvoir se rendre compte des situations, — on convint que Castrique tiendrait un carnet d'ordre en deux colonnes, l'une portant le montant de chaque traite telle que l'avait notée le caissier, l'autre présentant en regard le montant véritable, tel que MM. Duthoit et Thomassin l'auraient signé, et en tout cas, connu et admis. On verra plus tard comment la traite, en sa valeur définitive, ne revenait point à l'échéance sous les yeux du caissier.

La configuration des lieux se prêtait merveilleusement à la combinaison, le caissier ayant, par une ouverture, communication avec le cabinet des deux banquiers, et, à part cette communication unique, étant absolument isolé de tous autres bureaux. On était donc certain de pouvoir à son aise convenir à huis clos de ce que l'on voudrait et donner au caissier ses consignes sans qu'elles fussent entendues de nul autre que lui, sans qu'il eût non plus nul moyen d'en discerner les mobiles ni la préparation. Au surplus, donnons tout de suite la confirmation de ce mécanisme, on la trouve au dossier sous la cote 116.

C'était le 4 septembre, c'est-à-dire quatre mois après l'ouverture de l'instruction criminelle; Castrique avait fait assigner le Caissier de la banque Duthoit-Thomassin pour réclamer de lui un témoignage confirmant certaines de ses allégations. Il suffit de jeter les yeux sur cette déposition laconique, pour comprendre que si le caissier répondit à l'assignation, il s'y rendit de fort mauvaise grâce et bien armé de la résolution de ne pas, si j'ose m'exprimer ainsi, s'embarquer dans l'affaire.

A la question première qui portait sur des timbres mobiles « demandez-lui s'il ne se rappelle pas...... »

« On lit: le témoin répond: Je ne me rappelle de rien. »

Puis, seconde question de Castrique:

« N'est-il pas venu, demande-t-il, toucher à sa caisse tel jour une somme de 8,200 fr., on lit:

« Le témoin répond: Je ne me souviens pas...... »

Mais, en homme hors d'état de sentir la portée de ses paroles, ignorant qu'il était du rôle qu'on lui avait assigné dans la pièce, et croyant simplement, c'est visible, se dégager de toute question désormais, en disant ne se rien rappeler, *et pour cause, attendu* qu'au regard de Castrique, *il n'a jamais agi que mécaniquement*, le caissier ajoute cette déclaration si probante dans sa concision et si révélatrice presque, à elle seule:

« **CHAQUE FOIS** que Castrique venait, il entrait **DANS LES BUREAUX**

» **où je passais son reçu PAR LE GUICHET** (1) ». Et remarquons bien ici que le caissier, placé à l'entrée même de la banque, a tous les bureaux derrière lui, mais que le seul, l'unique, avec lequel il soit en communication est le cabinet des gérants.

Par conséquent, à son insu, le caissier déposait là que *chaque fois* qu'il venait à la banque, Castrique passait droit devant lui, se rendait dans le cabinet de MM. Duthoit et Thomassin, et qu'ensuite, tout ce qui concernait ce client se pratiquait entre lui et la caisse par la communication ouverte dans la cloison.

Pourquoi le caissier dit-il « **reçu** » dans la déposition, plutôt que traite ou autre pièce ? parce que la question précise qui lui est posée là, se rapporte à un retrait d'argent et que tout retrait est forcément accompagné d'une quittance, donnée par le client, mais, dans la pratique, toujours préparée par le caissier lui-même et qu'il passe pour qu'on la signe : si la question avait porté sur une traite et non sur un retrait d'argent, il aurait assurément dit « passé sa traite par le guichet » (après en avoir pris note) comme il dit « passé son reçu. »

Revenons à notre exposé. Tout en sentant l'inexorable nécessité de continuer à soutenir Castrique, nonobstant sa situation critique, les banquiers voulurent préalablement tirer de lui quelque sûreté si c'était possible, et aussi, examiner par leurs yeux si l'organisation de l'établissement de leur client donnait vraiment à penser qu'il pût imprimer à la torréfaction des cafés, comme il le leur disait, un développement assez marqué pour que la proportion des bénéfices permît d'éteindre un découvert de 235.000 fr.

A cet effet, M. Duthoit se transporta de sa personne chez Castrique, au faubourg de La Madeleine, et Castrique explique, dans ses dépositions, qu'à la suite de cette visite, fut conclu l'arrangement secret en vertu duquel MM. Duthoit et Thomassin continueraient à le cautionner à la Douane dans les proportions nécessaires : — qu'ils prendraient sur ses biens une hypothèque dont le montant serait fixé à 50.000 fr.; — que ce chiffre de 50.000 fr. serait censé être le maximum de la marge convenue, si les circonstances obligeaient à s'en expliquer quelque jour devant le Conseil de surveillance : — qu'à cet effet, on donnerait au caissier la consigne citée plus haut et l'on mettrait en jeu le mécanisme de la rédaction des effets en deux fois.

Il va sans dire que dans les confrontations, MM. Duthoit et Thomassin opposèrent des dénégations au récit de Castrique, mais rien que des dénégations. Ils ne purent même tout nier, cependant, car l'exactitude de ce récit, au moins dans certaines de ses parties et non des moins significatives, pouvait être prouvée, soit par témoins soit autrement. l'embarras que trahissent les réponses des banquiers, le vague qui y règne, le défaut de démonstrations et de preuves, une attitude qui ne correspond pas à leur situation, ne sont pas, d'ailleurs, sans éloquence.

Voici ce qui se rapporte à l'examen *motivé* que Castrique prétend avoir été fait de son établissement par M. Duthoit avant de s'engager.

Partie finale de la confrontation du 18 septembre (cote 86). Castrique dit :

« Demandez au témoin s'il n'est pas venu, en mars 1882, visiter mes propriétés, mes livres, et
» s'il ne m'a pas témoigné sa satisfaction, et c'est à la suite de cette visite qu'il m'a donné rendez-
» vous chez eux à six heures du soir, et c'est dans cette visite chez eux que la convention verbale
» est arrivée au sujet des obligations de Douane. »

« Le témoin répond : »

« Je reconnais en effet être allé en 1882, visiter. sur la demande du sieur Castrique, son établis-
» sement de La Madeleine, mais je nie formellement qu'il y ait eu à la suite de ma visite une
» convention quelconque entre lui et nous. »

« C'est un odieux mensonge de la part de Castrique. »

Ainsi donc, M. Duthoit convient d'être allé visiter l'établissement de Castrique et d'y être allé
au moment indiqué par celui-ci. Qu'allait-il bien y faire ? Il ne prétendra pas, sans doute, qu'il
s'agit là d'un échange de politesses : le ton qu'il prend lui-même tout au long, en parlant de cet
homme, prouve assez qu'il ne le tient pas pour du même monde que lui. Il repousse pourtant l'explication donnée par lui : au moins fallait-il qu'il en opposât une autre et il serait par trop commode,
en vérité, de n'avoir qu'à nier un mauvais cas pour échapper à ses conséquences. Que l'on se mette
en situation et que l'on se figure s'entendre accuser d'une pareille énormité pour être allé simplement parcourir les ombrages de quelque parc. Après un premier instant de stupeur, ne bondirait-
on pas, et respirerait-on, jusqu'à ce que l'on eût démontré, établi, irrécusablement prouvé le motif
véritable de cette innocente promenade ? Le besoin d'effacer la calomnie par l'explication vraie
laisserait-il un instant de repos ? Ne dominerait-il pas toute chose ? Nous n'insisterons pas.

Au surplus, cette sorte de tournée d'inspection ne sera pas la seule : elle se renouvellera en mars
1884. Confrontation du 9 octobre entre Castrique et M. Duthoit, cote 96, question 23 posée à ce
dernier pour le compte de Castrique.

« N'êtes-vous pas allé en mars dernier (1884) visiter les usines et les livres de Castrique. »

« Réponse. — Sur l'insistance du sieur Castrique, j'ai été visiter à La Madeleine **ses turbines**
» et sa maison, mais je n'ai pas visité sa comptabilité. »

« L'inculpé dit : M. Duthoit se trompe, il a également visité mes livres. »

« Le témoin dit : je n'ai pas visité les livres *et je suis revenu chez moi de La Madeleine, avec l'im-
« pression qu'il y avait un grand désordre dans cette maison.* »

« L'inculpé dit : je proteste contre cette allégation qui sera combattue par le témoignage de tout
« mon personnel : M. Duthoit est resté chez moi environ deux heures. »

« Le témoin répond : **si j'y suis resté deux heures** c'est qu'il a voulu quand même me
« montrer le travail de ses ateliers pour la fabrication des tablettes. »

Toujours des réponses embarrassées, des dénégations après lesquelles il faut bien arriver à
convenir des choses. Le mot « *turbine* » trahit à lui seul l'examen industriel, et celui des livres
est attesté par divers témoins.

Est-ce là l'attitude, est-ce là le langage du chef d'un grand établissement de crédit mensongère-
ment pris à partie à l'instruction par un inculpé préventivement détenu sur sa propre plainte et
qu'il a, d'ailleurs, dédaigneusement présenté comme client de bas étage. Et ces visites ne sont-elles
pas toute une révélation *sur le caractère à part* des relations survenues entre les banquiers et ce
client devenu *différent des autres!*...

Cette fois, tout au moins, pourrait-on nier de bonne foi qu'il se soit agi d'un contrôle ? Et les
époques ne sont-elles donc point significatives ? Première vérification des banquiers à domicile,
— au moment où Castrique leur déclare sa ruine, leur demande de le soutenir quand même, etc...

Deuxième, — dans la période de trois mois qui précéda l'arrestation, — qui suivit la signification par le Receveur Principal des Douanes d'avoir à préciser un chiffre sur la soumission, et conséquemment, le dépôt de la soumission de 350,000 fr. dont les indications trahissaient l'importance réelle des engagements contractés par MM. Duthoit Thomassin en faveur de Castrique et ne leur laissait plus un instant de repos. Ils voulurent voir en mars 1884, si du moins les établissements avaient pris depuis 1882 une physionomie qui répondît à un crédit de 350,000 fr. L'effet ne fut pas rassurant, trahit M. Duthoit dans sa réponse. *Qui nous dira si ce ne fut pas à ce moment même que les deux associés prirent la résolution d'en finir !* (« et je suis revenu chez moi avec l'impression qu'il « y avait un grand désordre dans cette maison »).

Un autre point est bien facile à établir. C'est d'abord l'existence de la créance hypothécaire, puis, la coïncidence de son inscription avec ce qu'a raconté Castrique.

Nulle part, ni M. Duthoit ni son associé n'ont contesté qu'il fût venu leur déclarer sa ruine, ni que cette démarche eût été faite en mars 1882, ainsi que cet homme en dépose. Or, c'est bien en mars 1882 que l'acte fut reçu et c'est le 30 mars. On aurait donc eu tout le mois pour des pourparlers, et c'est bien un indice, ce nous semble, que cette créance, qui se rattachait au crédit en Douane, devait être le résultat de ces pourparlers. Que dit le contexte de l'acte ? En son article premier, que : MM. Duthoit et Thomassin, agissant comme directeurs gérants de la Caisse d'Escompte de l'arrondissement de Lille, ouvrent à Castrique un crédit de cinquante mille francs. En son article 2, que « ce crédit consistera dans l'avance et le paiement de toutes sommes que pourront « être tenus de faire MM. Duthoit Thomassin et Cie pour le compte de M. Castrique à l'Administra- « tion des Douanes, en raison d'avals ou de cautionnements donnés par la maison de banque sur « toutes valeurs signées par M. Castrique au profit ou à l'ordre de cette administration ».

On ne contestera donc point qu'il ne s'agît là d'une sûreté à prendre vis à vis de Castrique, et à prendre au sujet des crédits en Douane ; or, comme on s'était engagé avec lui jusqu'à l'illimité deux mois et demi avant (16 janvier), on n'essaiera sans doute pas de prétendre que la créance hypothécaire se rapportât à cet engagement et on ne contestera pas que ce ne fût une sûreté *innovée*. Alors, à quoi donc se rapportait-elle, sinon à la convention secrète ? C'était bien encore le cas, semble-t-il, pour MM. Duthoit et Thomassin, d'opposer une explication à une autre et l'objet en valait la peine.

Au surplus, s'ils avaient *sincèrement* formé le dessein de s'en tenir irrévocablement à cinquante mille francs, désormais, comme extrême marge, ne l'auraient-ils pas, à ce moment même, fait signifier à la Douane, soit en lui envoyant par huissier extrait de l'acte hypothécaire, soit en écrivant simplement au Receveur Principal des Douanes que, nonobstant la marge illimitée de la soumission souscrite par eux avec Castrique pour le paiement des droits sur les marchandises enlevées avant règlement, soumission qu'ils laissaient aux mains de la Douane, ils entendaient considérer l'illimité comme de pure forme, et borner, en fait, leur cautionnement à la somme portée dans la créance hypothécaire, comme ouverture de crédit spécialisé. Il n'en a rien été et cette créance n'est apparue que plus de deux ans après, en mai 1884, quand ils firent arrêter Castrique, et qu'ils révélèrent à leur Conseil de surveillance l'existence de ladite créance, pour la présenter comme, en quelque sorte, connexe de la soumission de 1884, à l'appui de cette version que celle-ci n'aurait porté que sur « cinquante mille francs » et non sur trois cent cinquante mille, au moment où ils y avaient apposé leur signature.

Quelque importante que soit cette partie de nos démonstrations, au regard du fond de l'affaire, nous craindrions de donner à notre exposé un développement démesuré si nous ajoutions encore à ce qui précède d'autres traits probants qu'il nous serait pourtant aisé de recueillir en foule au dossier. Nous continuerons. maintenant, en donnant un extrait de ce qui fut échangé dans les confrontations entre Castrique et ses banquiers au sujet de ce point essentiel : avaient-ils, oui ou non, un réel intérêt, un puissant intérêt à cacher à leur Conseil de surveillance l'importance des engagements contractés par eux solidoirement avec Castrique, et s'en étaient-ils effectivement cachés vis à vis de lui ?

16 Mai 1884. Confrontation du début de Castrique avec M. Duthoit et M. Thomassin (cote 76)

« Demande à Castrique : Vous semblez ainsi indiquer qu'il existait entre vous et ces Messieurs
« une entente que la plainte portée par eux contre vous dément formellement.

« Réponse. — Ces Messieurs ne voulaient pas, aux yeux de leur Conseil d'Administration,
« paraître s'être engagés vis à vis de moi pour des sommes trop fortes et c'est pour cela qu'ils
« m'envoyaient par lettre l'avis de leurs droits de commission sur des sommes bien inférieures
« aux sommes réelles des obligations qu'ils avaient cautionnées. Ils se rattrapaient, pour le droit
« de commission, sur les warrants, dont ils faisaient payer l'intérêt à 5 % contrairement à
« l'usage. »

« Les témoins disent : Nous protestons de toutes nos forces contre de semblables allégations. »

« Ailleurs (côte 77) ; 19 mai, partie finale :

« Demande à M. Thomassin : Vous savez, d'après votre dernière confrontation avec l'inculpé,
« que Castrique prétend que vous étiez d'accord avec lui pour ces majorations. »

« Réponse : — Je repousse énergiquement une pareille accusation.

« Demande : — Castrique prétend que vous ne vouliez pas, aux yeux du Conseil de surveil-
« lance, paraître vous être engagés pour des sommes trop considérables. »

« Réponse : — Les lettres d'avis que nous lui avons envoyées pour nos droits de commission
« relataient le chiffre réel des obligations qui m'étaient présentées à la signature comme caution.»

Ici : entrée de Castrique et confrontation.

« Demande à l'inculpé : Persistez-vous à soutenir que le montant des traites par vous
« présentées à la signature de MM. Duthoit et Thomassin n'a pas été majoré par vous. »

« Réponse : — M. Thomassin *a signé ces traites exactement dans le même état que celui dans*
« *lequel elles se trouvent aujourd'hui* dans les lettres d'avis pour ses droits de commission portaient
« des chiffres bien inférieurs. MM. Duthoit et Thomassin, en m'écrivant ces lettres d'avis avec
« des chiffres inférieurs à la valeur réelle de l'obligation, voulaient ainsi tromper leur Conseil de
« surveillance et lui faire croire qu'ils ne s'étaient pas engagés vis à vis de moi pour des sommes
« aussi fortes. »

« Le témoin dit : Notre Conseil de surveillance n'avait pas d'ordre à nous donner à cet égard.
« Nous sommes les gérants d'une Société en commandite par actions et nous ne pouvons être
« révoqués que pour des cas extraordinaires soumis à l'assemblée générale et extraordinaire des
« actionnaires. Le Conseil de surveillance, qui n'est pas un Conseil d'Administration, *nous recom-*
« *mandait* **seulement** *de prendre vis à vis de M. Castrique*, dont il connaissait les relations
« avec notre banque, de prendre vis à vis de lui « *les précautions nécessaires* ».

Seulement n'est-il pas adorable !

Le ton dégagé de M. Thomassin, quand il parle ainsi de son Conseil de surveillance, n'est rien à côté de l'allure superbe qu'il prit à ce sujet en déposant devant la Cour d'Assises ; nous en avons jugé nous mêmes.

Nous ne discuterons pas, préférant opposer simplement ce que nous lisons dans les déclerations du Président même de ce Conseil, déclarations pourtant des plus prudentes et des moins catégoriques, ce qui se comprend de reste en pareille aventure (cote 80). On y voit 1° que, *tous les quinze jours*, le Conseil se réunissait et *contrôlait toutes les opérations de la quinzaine précédente* (il voyait donc la trace des lettres d'avis dont il vient d'être parlé) après quoi il faisait comparaître les gérants, et, la loi ne lui permettant pas de leur imposer de décisions, sous peine d'engager sa responsabilité, il ne leur adressait pas moins « suivant le cas, *les observations ou les conseils qu'il jugeait* « *convenables.* »

2° Que MM. Duthoit et Thomassin n'avaient jamais révélé au Conseil *l'existence de l'acte en vertu duquel ils avaient cautionné Castrique jusqu'à l'illimité ;* que si le Conseil l'avait appris, il ne l'eût point souffert, « surtout en ce qui concernait Castrique qui ne lui inspirait aucune confiance, » et au sujet duquel M. Thomassin dit lui-même que le Conseil avait recommandé à la gérance de prendre des précautions.

3° que, par contre, MM. Duthoit et Thomassin ont eu soin d'informer le Conseil de l'existence de l'acte de cautionnement limité à un chiffre précis sur la demande de la douane, mais en présentant cet acte comme libellé à cinquante mille francs et comme *connexe de la créance hypothécaire de pareille somme* qui datait alors de deux ans.

4° Qu'ils n'ont pas moins pris soin d'informer plus tard le Conseil de la plainte formée par eux contre Castrique et qu'ils n'ont pas manqué, à cette occasion, de mettre en lumière le soi-disant projet préparé pour cent mille et que M. Thomassin aurait mis hors de service en barrant cette somme et en notant cinquante mille en marge. Nous avons établi le vrai caractère de cette pièce étrange.

5° Que, bien qu'ils eussent entretenu leur Conseil du cautionnement qu'ils donnèrent en 1884 à Castrique pour une somme fixe, la présentant comme étant de cinquante mille, ils s'étaient donné de garde de mettre la pièce même sous ses yeux, et que, si cette pièce avait été connue du Conseil, libellée à trois cent cinquante mille, *celui-ci n'eût pas toléré une solidarité d'une telle importance avec Castrique ;* voici le passage même qui le dit : Demande du Juge au Président du Conseil. « . . . . s'engager comme cautions solidaires de Castrique jusqu'à concurrence « de 350,000 fr. Cet acte avait-il été placé sous vos yeux par les gérants ? »

« Réponse : Non. *C'est la première fois que je vois cet acte*, et si nous l'avions vu au Conseil de « surveillance portant une somme de 350,000 fr., *nous ne l'aurions certainement pas laissé passer* « *dans ces conditions* ». Or, M. Thomassin dit lui-même, dans sa déposition, que son Conseil (dans ses réunions de quinzaine sans doute) lui avait recommandé de prendre vis à vis de Castrique les « précautions nécessaires » ; il ne pouvait ignorer, d'autre part, que Castrique « n'inspirait aucune confiance » audit Conseil, ses propres déclarations l'indiquent, et si toutes les solidarités passées, — les sommes énormes données sous sa gestion à Castrique ou pour Castrique n'étaient point faites pour que trois cent cinquante mille francs l'effrayât, lui, non plus que son associé, il savait à merveille que l'impression du Conseil aurait été tout opposée, et assez différente peut-être pour lui montrer là *un de ces « cas extraordinaires à soumettre à l'assemblée générale et extraordinaire des actionnaires, »* dont M. Thomassin avait parlé lui-même !

On ne saurait douter que les circonstances caractéristiques qui avaient motivé le départ de son prédécesseur, M. Pérot, **démissionnaire** *dans les circonstances que nous avons retracées,* fussent restées présentes à sa mémoire, et cela seul aurait suffi à l'empêcher, ainsi que son associé, d'envisager comme négligeable le contrôle de leur Conseil. C'est un côté de la question auquel nous n'avons pu nous retenir de songer, nous aussi, quand nous apparut le changement, inattendu pour nous, de la raison sociale Duthoit, Thomassin et Cⁱᵉ en Ém. Thomassin et Cⁱᵉ, dans les circonstances suivantes : Castrique avait été arrêté le 2 mai 1884 ; l'instruction s'était prolongée, et simultanément, les démêlés de la Banque avec la Douane s'étaient diverses fois manifestés devant la juridiction civile. Castrique comparut enfin *le 4 Mars* 1885 devant la Cour d'Assises, qui prononça son acquittement *le 6 Mars.* Peu après nous lisions aux publications légales, dans un journal de la localité, l'insertion suivante :

« D'une délibération prise par le Conseil de surveillance de la Caisse d'Escompte de l'arrondis-
» sement de Lille, le 30 mars 1885 . . . . il résulte
» que, depuis le 1ᵉʳ Avril 1885, *par suite de la démission volontaire donnée par M.* Henri - Achille
» *Duthoit* . . . . la raison sociale devient Em. Thomassin et Cⁱᵉ ».

En substance, il ressort de ce qui précède, que MM. Duthoit et Thomassin redoutaient à bon droit le contrôle de leur Conseil ; qu'ils ont soigneusement évité, dès lors, de l'informer des engagements qui se rapportaient à Castrique, en tant que ceux-ci étaient importants et imprudents, tandis qu'ils lui ont fait connaître l'engagement quasi minime, soi-disant de cinquante mille, en y donnant comme pendant une hypothèque de pareille somme, laquelle devait constituer, au premier chef, le genre de « précaution nécessaire » que M. Thomassin confesse lui avoir été *recommandé tout spécialement « vis à vis de Castrique »* par ledit Conseil, qui (dit-il lui-même) connaissait les relations de ce client avec la banque.

Une autre particularité tout à fait spéciale devait contribuer dans l'espèce, et plus qu'aucune autre peut-être, à ce que le Conseil de surveillance fût pour les deux gérants, et très logiquement, comme un épouvantail.

On n'a pas oublié qu'au début, quand M. Duthoit vint à la Douane demander à prendre connaissance de la soumission de Castrique et qu'y ayant jeté les yeux il s'écria avec l'accent de la surprise : cet acte est faux, il le passa de suite à une personne entrée avec lui, laquelle le prit à son tour, l'examina, hocha la tête, et, sans prononcer une parole, le déposa sur le bureau. Ce compagnon du gérant n'était rien moins que le Vice-Président de son Conseil de surveillance lui-même. M. A. Desrousseaux. Or, M. A. Desrousseaux, retiré des affaires depuis le 1ᵉʳ octobre 1877, en avait laissé la suite à son fils, jusque-là son simple associé, mais était resté son commanditaire. En outre il s'était porté sa caution vis à vis de la Douane et l'est, d'ailleurs, resté jusqu'à sa mort toute récente, époque où il fut remplacé, en cette qualité, par sa veuve (soumission du 15 Juin 1889). M. Desrousseaux, et son fils après lui, faisait précisément comme Castrique le commerce des cafés. Depuis un si grand nombre d'années, il connaissait le chemin de la Douane, où de tout temps il avait été admis au crédit, qu'on devait bien le supposer familier avec ces matières et possesseur, dans nos bureaux, de ses grandes et petites entrées. A tous les titres, MM. Duthoit et Thomassin devaient donc pressentir que s'il lui avait plu, sous sa qualité de Président du Conseil, de demander au Receveur Principal pour quel chiffre la Société cautionnait le client Castrique, le Receveur principal n'aurait pas cru pouvoir se refuser à donner le renseignement. Tant que l'acte de cautionnement restait illimité, ces Messieurs, en cas d'observations critiques provoquées par la révélation qu'aurait, de la sorte, obtenue M. Desrousseaux, auraient pu, s'étaient-ils dit sans doute, comme ils l'ont fait à l'instruction, traiter alors aussi cette pièce de « formule de la Douane », exhiber leur acte de créance hypothécaire limité à cinquante mille et soutenir que celui-ci devait et pouvait seul être pris au sérieux. Mais du jour où la Douane, en 1884, exigea un chiffre précis, qu'auraient-ils pu répondre devant trois cent cinquante mille? La ressource offerte par le raisonnement qui précède, et qu'en somme nous ne faisons qu'emprunter à leurs dépositions, cessait d'être de mise. Et le Vice-Président du Conseil, ils devaient le sentir, aurait été d'autant moins disposé à passer condamnation, qu'il n'aurait pas trouvé fort de son goût, sans doute, que sa propre banque consacrât, dans des proportions pareilles, ses ressources et son crédit à étayer le négociant de Lille qui de tous, sur la place, faisait à ce moment, à sa propre maison, la concurrence la plus forte : il fallait donc cacher l'importance des engagements.

Que MM. Duthoit et Thomassin ne prétendent donc pas qu'ils n'eussent point, en pareille matière, à redouter les investigations et puis l'action de leur Conseil de surveillance, ce ne serait pas soutenable. Là était pour eux, au contraire, le péril le plus vrai *et celui dont ils se rendaient le mieux compte.* La version de Castrique, on ne peut en disconvenir, prend donc, encore sur ce point, une très grande force, et par contre, les dénégations intéressées de ses banquiers ne peuvent s'excuser que par la nécessité où ils étaient placés de contester un mauvais cas.

Revenons au moment où fut d'abord projeté, puis convenu, puis préparé en Mars 1882, et enfin signé le 30, l'acte de créance hypothécaire, et reprenons l'enchaînement.

Castrique n'avait point cessé ses importations de café, bien que depuis le 1er Janvier, elles se fussent assez ralenties, ainsi que l'on peut aisément en juger par le relevé de ses traites, relevé que l'on trouvera au complet à la fin du présent mémoire. On voit notamment qu'au lieu de la dizaine d'acquittements de droits habituellement opérée chaque mois, il n'en fit que deux en février, l'un le 22 (2760 fr), l'autre le 25 (1676 fr.). Dès le 13 Mars, l'activité reparaît et se manifeste par ces règlements de droits cautionnés par ses banquiers :

13 Mars 1882			7.852 fr.
14	id.		2.611 fr.
16	id.		22.748 fr.
17	id.		5.107 fr.
18	id.		17.954 fr.
	Etc. . . . . . etc. . . .		

On n'est pourtant pas à l'époque à laquelle MM. Duthoit et Thomassin, et avec eux, l'expert comptable qui épousa si étrangement leur querelle, ainsi que nous aurons à nous en expliquer, déclarèrent que Castrique commença à faire sur les traites ce qu'ils appellent « ses faux » et que nous appellerions autrement. Le temps marchait. les affaires de Castrique reprenaient tournure, les traites se succédaient ; étaient payées à l'échéance, toujours avec des fonds fournis par MM. Duthoit et Thomassin, mais dont ils ne se dessaisissaient, disent-ils, et dit aussi Castrique, que contre remise de papier à l'escompte. Les banquiers couvaient d'un œil tout spécial et aidaient de leur mieux les affaires de ce client à part, qui se trouvait par le fait, vis à vis d'eux, comme une sorte d'associé d'un instant. Ainsi, pour qu'il rencontrât bon accueil en allant effectuer des dépôts de marchandises sous warrants dans les Magasins Généraux de Lille, M. Duthoit, chef de maison, prenait la peine de s'y transporter avec lui, à la première visite qu'il y fit, et de le présenter au Directeur de l'établissement qui en dépose. On sent dans cette attitude, dans ces examens au domicile de Castrique, comme une ingérence, une tutelle et un appui tout ensemble. On ne citerait pas, sans doute, un autre client de la banque qui eût été l'objet de procédés si peu ordinaires et qui ne seraient point venus à l'esprit, certainement, s'il ne s'était agi que de la marge totale possible de cinquante mille francs précisée et couverte par la créance hypothécaire. Voici un échantillon d'un autre genre :

Un jour, en mars 1884, c'est-à-dire, remarquons-le bien, *postérieurement à la mise en vigueur de l'acte de trois cent cinquante mille francs argué de faux*, Castrique vient demander de l'argent à la banque, mais il n'a pas sur lui de papier à donner en échange à l'escompte. Lui dira-t-on de repasser ou bien d'aller s'en procurer, ainsi qu'on le dirait à tout le monde ? Nullement : ce n'est point dans la note et la confrontation du 9 octobre (cote 96) va nous renseigner :

Question 13 posée à M. Duthoit par le juge d'instruction.

« N'êtes-vous pas allé avec Castrique, à la fin de mars ou au commencement d'avril dernier, « chercher des warrants à l'entrepôt et ne seriez-vous pas monté dans la voiture de Castrique, *rue* « *des Débris-St-Etienne* (ruelle généralement déserte), **POUR N'ÊTRE VU DE PER-** « **SONNE ?** »

« Réponse. « Je reconnais l'exactitude de cette circonstance. »

Ce procédé spécial, cette allure mystérieuse, ne dénotent-ils point, provenant l'un et l'autre d'un chef de maison, qu'on avait à cacher quelque chose de grave au point de ne pas vouloir confesser que l'on fût en rapport avec ce client-là ? Sinon, pourquoi M. Duthoit, à tant faire déjà que de se déplacer, aurait-il redouté d'être vu dans la société de Castrique ? Et si, dans sa pensée, cette société devait, par elle seule, être pour lui compromettante, par l'unique motif que Castrique aurait été mal posé, pourquoi, comment lui continuer le crédit, et se solidariser dans des engagements avec un homme dont on aurait eu pareille opinion ?

Au cours des vingt mois qui séparent mars 1882 du moment où la Douane exigea la détermination du chiffre sur la soumission cautionnée, les banquiers suivirent donc Castrique d'aussi près qu'ils le purent. Déjà, ils avaient un moyen permanent de mesurer l'importance de ses achats de café dans les sommes mêmes qu'ils lui livraient pour payer ses comptes de Douane, et qui, divisées par 156, leur donnaient les quantités importées, puisque c'est là le taux du droit d'entrée par quintal. Une ressource singulière et assurément précieuse se trouve à leur disposition à partir de juillet 1883. Un de leurs propres employés va tenir, et tenir seul, à ses moments perdus, paraît-il, les comptes de Castrique. Celui-ci prétend dans ses dépositions, que les banquiers lui imposèrent cet employé : la coïncidence est assez bizarre, on en conviendra, pour que cette idée puisse venir à l'esprit de chacun, même sans nulle incitation. M. Denis n'était point à la banque un agent de mince acabit. Il avait la procuration des gérants et ce qui se passa par la suite dénote bien qu'il était quelque peu leur homme-lige.

L'expert comptable nous apprend, et la justice a d'ailleurs constaté, que la comptabilité de Castrique était des plus rudimentaires, et même absolument incomplète et irrégulière : Dans sa déposition première (cote 84), M. Denis expose que s'il est entré chez Castrique c'était « pour lui rendre « service. »

Puis, il explique qu'allant le soir, plusieurs fois par semaine, pour passer les écritures, il disposait pour cela d'un livre de caisse tenu par Castrique et de divers livres auxiliaires, copie de lettres, brouillon, tenus dans la maison, lettres d'avis relatives aux traites et émanant de la banque Duthoit Thomassin : « *Jamais je n'ai eu entre les mains d'autres documents que ceux-là, ni pièces comptables, «ni obligations de Douane* », ajoute-t-il. On sent, dans tout l'ensemble de cette déposition première, la préoccupation dominante de ne pas être mêlé à l'affaire. Lors d'une confrontation ultérieure, le même M. Denis ne dira plus qu'il n'avait en main, pour tenir les comptes, que des pièces insuffisantes et qu'il lui manquait, par exemple, les reçus de la douane délivrés à Castrique et que l'expercomptable prétendra (sans en pouvoir rien savoir, assurément) avoir toujours été retenus par celui-ci et cachés à M. Denis. Le montant de ces quittances, rapproché de celui des traites correspondantes, relatées sur les lettres d'avis de la banque, explique l'expert, aurait si peu cadré, aurait été tellement supérieur, que la manœuvre aurait, dès le premier jour, sauté aux yeux du commiscomptable : on comprend donc la portée de cette déclaration. Or, voici la contradiction que nous relevons de la part de M. Denis lui-même (cote 115). « Castrique dit : veuillez demander au témoin « si, étant mon comptable, je lui ai jamais refusé une pièce de comptabilité. Le témoin répond : « **Non, J'AVAIS TOUT EN MAINS !** » Ce que maints témoignages confirment au surplus.

Nous n'insisterons pas sur l'opposition, il suffit de l'avoir produite et nous passons à une singularité qui nous semble assez caractéristique, par rapport à cette allégation de Castrique, que M. Denis avait été placé chez lui par ses banquiers pour exercer une surveillance et les renseigner. Il va sans dire que ceux-ci opposent un démenti, mais comme toujours, un simple démenti (cote 96, question 7).

« Au témoin (M. Duthoit) : N'avez-vous pas fait prendre à Castrique, M. Denis, votre fondé de « pouvoirs, pour tenir sa comptabilité.

« Réponse. — Je nie formellement cette allégation du sieur Castrique. »

Nous lisons au rapport de l'expert comptable (page 20 § 2), « l'employé, M. Denis, *a déclaré* « qu'il ne connaissait pas les reçus que la douane délivrait pour établir les obligations de douane, « partant, qu'il se servait exclusivement de la correspondance de MM. Duthoit-Thomassin et Cⁱᵉ. « Du reste, **il avait pris lui-même chez ces banquiers l'état des obligations « de douane en circulation.** »

Est-il vraisemblable qu'un commis de banque, occupant ses instants de loisir à tenir les livres d'un client crédité par cette maison, puisse servir ces livres au moyen des comptes spéciaux tenus par cette banque, sans que ses Directeurs en soient informés, et n'est-ce point là encore un procédé à part ? Et quand ce commis est *le fondé de pouvoirs*, l'homme dont l'intérêt est de se faire bien venir des banquiers dont sa situation, relativement bonne et lente à acquérir, dépend absolument, plutôt que d'un client dont il ne tire qu'un supplément aléatoire, qui croira qu'un tel collaborateur de la banque, découvrant dans les comptes du client une dissemblance d'un tel caractère, ne s'élancera pas chez les banquiers pour les mettre sur leurs gardes et se concilier d'ailleurs, du même coup, des titres à leur gratitude, plutôt que d'encourir une expulsion si la manœuvre apparaissait un jour et que l'on fût en droit de le punir pour avoir gardé le silence.

Or, le même expert comptable, qui rappelle que M. Denis tenait sur les livres de Castrique le compte des traites de douane au moyen du relevé spécial tenu par la banque, établit aussi, à la page 51, que M. Denis eût en main, pour l'inscrire, une traite *échue* se montant à 3,081 fr. 50. L'expert ajoute: « cette obligation *était majorée de deux mille francs*: *elle était au moment de la signature* » *des cautions de* 1,081 *fr.* 50 ». Quelle réflexion a bien pu faire notre fondé de pouvoirs devant cet épisode de ses rapprochements, quand il a vu cette valeur, née mille francs chez ses banquiers suivant leur relevé spécial *qu'il avait sous les yeux*, lui apparaître enflée jusqu'à trois mille francs à l'échéance ?! Dira-t-on qu'il n'ait pas laissé là sa besogne pour courir aussitôt prévenir? Dira-t-on que s'il s'en abstint tout d'abord, il ne vint pas du moins engager le caissier à repasser son compte-ouvert de traites? L'incident aurait-il pu, d'ailleurs, se dénouer ainsi dans le silence, si les banquiers n'avaient pas accepté le mécanisme de la traite écrite en deux fois, et si M. Denis, leur fondé de pouvoirs, n'avait pas été au courant, soit dès le premier jour, soit à partir de ce moment même, auquel cas on n'aurait eu, évidemment, d'autre ressource que de le prier de se taire et de le subir comme confident.

Quoi qu'il en soit, bien des mois après, MM. Duthoit et Thomassin, déposent-ils, *ne se doutaient toujours de rien !* Voici le passage qui l'établit : Parlant du moment (fin janvier 1884) où furent apposées les signatures sur l'acte de cautionnement argué de faux, M. Duthoit s'exprime ainsi; (cote 73).

« *Nous étions bien loin de nous douter* du sort que Castrique réservait à ces traites ainsi revê-« tues de notre signature. *Nous étions ainsi en pleine confiance* au sujet de notre compte avec « Castrique............ »

Le contrôle de M. Denis, nous apprend Castrique, ne se limita point à son établissement de Lille, et MM. Duthoit-Thomassin désirèrent savoir aussi à quoi s'en tenir sur le mouvement vrai de sa maison du Havre. A cet effet, avec leur agrément, M. Denis prit le temps nécessaire pour faire ce voyage avec Castrique. Il partit donc un samedi, donna le coup d'œil qu'il fallait, et revint à Lille dans les 48 heures. Sans doute, ni M. Denis ni les banquiers ne conviennent que tel fut le but du voyage. De confiance, l'expert *comptable* leur délivre à ce sujet, qui ne le concerne guère, un brevet comme il leur en délivre tant d'autres dans ses deux rapports, que nous serions tentés de reproduire in extenso et de relever pas à pas comme ils le méritent, si cela ne devait pas nous entraîner par trop loin.

Voici ce que dit cet expert à propos de ce voyage, à la page 4 question 7 de son rapport supplémentaire :

« MM. Duthoit-Thomassin et Cᵉ *ont toujours nié* (tout mauvais cas.........) avoir donné une « mission quelconque à leur employé; *et si M. Denis* est allé au Havre avec Castrique, « *c'était exclusivement pour obliger ce dernier* (qu'en sait l'expert ?). Quant à la permission qu'il a « dû demander de s'absenter une journée entière, le samedi, M. Denis se rappelle très bien

« avoir prévenu ses patrons qu'il ne pouvait ce jour-là se rendre à son bureau. Mais il
« jouissait de leur confiance, *il n'a pas dû* (?) donner de motif particulier de cette absence, ce
« qui arrive, du reste, journellement dans toutes les maisons de commerce et **Il n'a jamais**
« **été question du voyage au Havre** » (sur quoi se fonde-t-il pour être si affirmatif !)

Voici, sous la cote 115, un passage qui résume l'incident : on verra qu'il ne s'agissait
guère d'une promenade d'agrément :

« Castrique dit encore :

« Le témoin (M. Denis) n'est-il pas venu avec moi au Havre en 1883 et n'a-t-il pas examiné
« les livres de comptabilité. »

« Le témoin dit : *c'est vrai, mais je n'ai pas eu le temps d'examiner à fond !* »

Pour en finir avec M. Denis, disons encore que devant la Cour d'Assises, (il est vrai que
MM. Duthoit et Thomassin l'entendaient comme nous) il chargea Castrique autant qu'il put
le faire, se garda bien de raconter qu'il eût eu jadis dans la main une obligation soi-disant majorée, et que, nonobstant, tout eût continué à fonctionner par les mêmes procédés ; il soutint
avec énergie, avec un dédain affecté pour Castrique, que celui-ci ne lui remettait point les
documents nécessaires vour servir correctement les livres, alors que dans la confrontation
citée plus haut il avait dit « oui, *j'avais tout en mains* ». Tout, dans cette déposition publique,
fut à l'avenant.

Les gérants ne lui retirèrent point, par la suite, cette confiance dont parle l'Expert-comptable, car on le retrouve, personnifiant la Banque, en vertu d'un pouvoir spécial, à l'assemblée des créanciers de la faillite Castrique, réunis pour l'affirmation des créances.

Étant donné l'ensemble de tout ce qui précède, les époques mêmes auxquelles M. Denis
suspendit tout d'abord, puis cessa de remplir son rôle chez Castrique ne sont pas sans arrêter
l'attention. En effet, c'est en exécution d'une lettre du 18 janvier 1884 émanant du Receveur
principal des Douanes que Castrique informa dans le mois ses banquiers de la nécessité de
préciser un chiffre sur la soumission cautionnée, d'où le coup de théâtre à la banque et les
inquiétudes bien naturelles dont il fut question plus haut ; — et en Janvier 1884, également,
M. Denis suspend brusquement, un beau jour, sans donner d'avis préalable, ses apparitions
chez Castrique, laissant en friche la comptabilité qu'il ne reprendra plus. — C'est le 28 avril
1884, nous apprendra M. Duthoit, que se produisit la demande d'argent à la suite de laquelle les
gérants de la banque, qui devaient évidemment le méditer depuis un certain temps se décidèrent à faire arrêter Castrique ; — et c'est en avril aussi, que M. Denis régularisa, en la rendant
définitive, et définitive par une détermination *dont il désira laisser trace*, la suspension de concours commencée en Janvier :

(Cote 129). Confrontation du 15 Septembre.

L'inculpé (Castrique) dit encore :

« Demandez-lui pour quel motif ma comptabilité a] été en retard depuis le mois de Janvier
« dernier ?

« Le témoin (M. Denis) dit :

« J'ai été malade et je n'ai été payé de mes appointements que jusqu'au jour où les
« écritures ont été tenues. »

« L'inculpé dit :

« Demandez-lui alors pourquoi il ne m'a donné sa démission *par écrit* (!) qu'au mois d'Avril ? »

« Le témoin : J'espérais toujours me rétablir et reprendre le travail qui m'avait été confié »

Cette maladie nous paraît un peu bien diplomatique ! La preuve en est, d'ailleurs, au dossier (cote 142), avec celle du soin qu'il prenait de donner à penser que là il n'avait jamais fait que paraître et puis disparaître. Preuve évidente d'une anxiété bien naturelle, sinon, pourquoi farder la vérité ?

On ne saurait attribuer à des désagréments éprouvés chez Castrique l'abandon final par M. Denis du complément de ressources qu'il s'y procurait en échange de quelques heures de travail par semaine, car une des confrontations nous apprend par sa bouche qu'il était là de la maison et qu'il en tirait par surcroît un supplément de revenu sans doute appréciable de la part d'un commis de maison de banque :

(Cote 115) Castrique : « Veuillez demander au témoin depuis combien de temps il avait ma » comptabilité. »

Ceci ne motivait en réponse que l'indication d'une date. Mais là, on n'était ni devant la Cour d'Assises ni en présence des banquiers ; aussi, M. Denis ajoute-t-il, tout naturellement, un commentaire qui nous paraît bien être de l'histoire, et voici ce qu'il dit :

« Depuis Juin ou Juillet 1883. — *Je gagnais soixante-quinze francs par mois pour quelques* » *instants chaque jour*. Nous avions d'excellents rapports ensemble, je dînais tous les dimanches » chez lui..... »

Qu'est-ce donc qui put bien motiver sa soudaine retraite ? il eût été intéressant de le savoir de lui et il ne le dit nulle part.

Les citations qui viennent d'être empruntées au rapport de l'Expert comptable suffiraient presque, à elles seules, à déterminer l'esprit qui présida à sa rédaction et qui inspira l'attitude de son auteur. Nous avions songé tout d'abord, à suivre ce rapport pied à pied, mais nous reconnaissons que cette discussion nous mènerait trop loin et serait, d'ailleurs, superflue. Nous n'en obtiendrions que des preuves surérogatoires et nous en produisons, par ailleurs, bien assez, pour pouvoir délaisser celles-là. Il est constant qu'à cet égard, en effet, dès l'instant où l'on nous a contraints à sortir de notre réserve, si nous avons un embarras, ce n'est que l'embarras du choix. Nous nous en tiendrons donc, au regard du rapport et de son auteur, à donner un coup-d'œil rapide.

La profession exercée par l'Expert ne nous apparaît pas bien nettement. Sur l'annuaire de Lille, il se fait inscrire en ces termes « Montaigne-Leplat, expert comptable agréé près de tous les » Tribunaux, liquidations, bilans »..... Il nous paraît tenir, et passe pour tenir, ce que l'on nomme en bon français un cabinet d'affaires. Le Parquet de Lille l'employait, mais dès longtemps déjà, il n'a plus recours à ses talents. Ce n'est pas nous qui aurions qualité pour entreprendre la recherche des motifs de ce changement d'attitude, mais nous avons été mis à même d'apprécier que ce ne peut être attribué au défaut de capacité technique ou d'intelligence.

Au dossier d'instruction criminelle, il est question de lui pour la première fois, tout à fait au début, peu de temps après l'incarcération de Castrique, dans une lettre qui fut adressée au prisonnier par sa femme. Celle-ci, très affolée, battait les buissons pour trouver assistance. Apprenant qu'un expert venait d'être commis par le Juge pour examiner certains côtés du cas de son mari, elle courut chez lui, et aussitôt après, rendit compte de son entrevue, par cette lettre qu'elle écrivit à Castrique :

« Mon cher Jean, j'ai vu le comptable expert. il était froid au commencement, mais quand je
» lui ai dit ma position, que j'avais trois petits enfants et qu'on nous avait tout pris ce que nous
» avions, il était mieux. Il a vu les Duthoit-Thomassin et le Denis, qui, certainement, disent tout
» ce qu'ils peuvent contre toi, mais il m'a dit *que si tu étais bien avec lui, il serait bien pour toi;*
» et que, au contraire, que si tu lui étais hostile, il serait de même, *car, tu comprends, il peut faire*
» *beaucoup dans l'instruction* . . . .

» Il dit que cela ira aux Assises d'Août et que si tu es bien défendu, tu seras acquitté, car il sait
» bien que les Duthoit, Thomassin et C\ie\ sont des tripoteurs, et cependant, il me disait aussi qu'il
» y a plus de vingt ans qu'il connaissait Duthoit, mais que M. le Juge et M. le Procureur *avaient*
» *des doutes sur leur culpabilité, mais il manque des preuves affirmatives.*

» Je pense que si tu pouvais voir l'expert comptable et *t'entendre avec lui*, l'instruction serait
» vite finie . . . . . »

Cette lettre avait été écrite peu après que Castrique eût été inopinément enlevé de chez lui. Certaines des idées qui y percent traduisent donc l'histoire du passé, plutôt, c'est bien clair, qu'un récent concert évidemment impraticable entre la femme en liberté et son mari incarcéré, tout au moins sur les points qui auraient nécessité, pour être intelligibles, un long échange d'explications et des développements compliqués.

Que conclure, dès lors, de cette allusion à ce que Mme Castrique, parlant des banquiers, qualifie de « culpabilité » insuffisamment prouvée, ajoute-t-elle, et dont il aurait été question entre elle et l'expert comptable? De deux choses l'une, ou bien elle était informée *dès longtemps* de l'accord secret existant entre Castrique et ses cautions (ce qui vient ajouter une preuve de plus à celles de son existence) et elle en avait entretenu l'expert, ou bien, c'était celui-ci qui lui en avait parlé tout d'abord.

Le conseil de « voir l'expert comptable et s'entendre avec lui » n'aura pas été suivi, sans doute, par Castrique, ou bien, s'il l'a suivi, il se sera brisé contre un mur, car on a pu trop justement s'écrier, devant la Cour d'Assises, que jamais réquisitoire ne fut passionné, accusateur quand même, à l'égal de ce rapport d'Expert!

Par contre, MM. Duthoit et Thomassin montrèrent probablement plus de réserve et ne choquèrent point l'expert en cherchant à se le concilier, car celui-ci agit vis à vis d'eux, dans son rapport, comme l'eût fait un vieil ami; mais aussi, — il ne le prévit pas sans doute, — comme un de ces amis qui inspirèrent la célèbre invocation « Préservez-moi Seigneur. . . . . ! »

N'eût-on rien démêlé soi-même, en effet, des dessous de cette affaire, qu'il eût suffi de parcourir le rapport de M. Montaigne-Leplat pour être mis en éveil, précisément sur les points les plus accablants pour ceux qu'il entendait servir!

Commis par le Juge pour rechercher si, oui ou non, Castrique était coupable d'avoir majoré une soumission de 350,000 fr., ainsi que vingt-huit traites reçues en paiement par la Douane en 1884, l'expert élargit le cercle de son mandat; il fouille le passé, met en scène des traites en nombre tout autrement important que celui des effets qu'il a charge d'examiner, mais surtout, travestissant son rôle, il s'institue l'avocat préventif des banquiers, va au-devant de tous reproches en ce qui les concerne, et c'est là, non point la pensée incidente, mais la pensée maîtresse de cet étrange document. Par contre, s'agit-il de Castrique, il ne veut rien entendre, il retourne tout contre lui, et son allure générale est, d'ailleurs, dès qu'il s'agit de lui, celle du grand justicier, qui ne descend pas à prouver ce qu'il laisse tomber de ses lèvres. Sur des points bien significatifs, très difficiles à éclaircir, sinon pour les acteurs eux-mêmes, l'expert n'hésitera jamais, il affirmera nettement, toujours, bien entendu, dans le sens de la banque, et comme s'il avait mission de départager un débat. Parfois même, il affirmera, chose étrange, alors que sur le même point, M. Duthoit, qui est en cause, conviendra bonnement de l'inverse.

Ne pouvant ici tout reprendre, nous donnerons un ou deux traits.

Castrique avait prié l'Instruction de poser pour lui, à MM. Duthoit-Thomassin, une série de questions au nombre de trente. M. Duthoit y répondit dans une confrontation du 9 octobre, mais l'expert avait pris les devants et répondu le 8 par un rapport supplémentaire, sans qu'il nous soit possible de démêler s'il écrivit ainsi d'office, alors que les questions s'adressaient aux banquiers, ou s'il y fut invité par le Juge. Il semble considérer ses réponses comme des sortes d'arrêts, mais, suivant que nous venons de le dire, il condescend bien rarement à motiver. Ainsi, à cette question de Castrique : « M. Duthoit n'est-il pas venu visiter mes livres et mes usines en 1882, » ajoutant qu'à la suite de cette démarche fut conclue la convention verbale, l'expert, après quelques mots sans portée, conclut en haut de la page 3 de son rapport supplémentaire par : « aussi, suis-je » convaincu que l'assertion de Castrique est absolument fausse », formule assurément correcte, car chacun est libre de ses convictions, mais il termine aussitôt par ce jugement qu'il ne lui est pas permis, comme auxiliaire de la Justice, de formuler sans preuve : « **ELLE EST du reste** » (l'assertion), **dénuée de tout fondement.** » Nous prenons cet exemple entre mille.

Et lui, comptable expert, maître en fait de tenue de livres, lui qui aura consacré vingt pages et plus à qualifier avec un suprême dédain, une juste sévérité, du reste, les procédés abréviatifs en matière de comptes, le défaut presque de comptes qu'il reproche et doit reprocher à l'accusé, il se gardera bien de faire ressortir qu'après deux examens prolongés de l'établissement Castrique, M. Duthoit, chef expérimenté d'une grande maison de banque, devait frémir en découvrant (*s'il ne le savait par avance*), que ce négociant qui puisait chez lui deux millions en espèces en moins de trois ans, qui recevait les cafés par monceaux, qui les débitait dans maintes succursales avec une activité dévorante, ne possédait pour tout ce mouvement d'autres bureaux de comptabilité, de régularisation, en un mot, que le concours passager et intermittent, donné quelques heures chaque semaine, par le fondé de pouvoirs M. Denis, ainsi qu'eût pu s'en contenter un petit épicier de village !

La défense quand même des banquiers, idée fixe de l'expert comptable, et son intime sentiment que ses déclarations d'allure péremptoire seront, sans examen, acceptées pour argent comptant, l'entraînent à des explications parfois presqu'enfantines. On n'a pas oublié cette bizarre circonstance où Castrique vint demander de l'argent à la banque sans avoir apporté de papier à remettre en échange à l'escompte, et où M. Duthoit consentit à se déplacer pour aller en chercher avec lui, sous réserve que la course se fît en voiture bien close, où l'on irait monter dans une rue écartée afin de n'être point vus ensemble. Voici le passage intégral consacré à l'incident par M. Montagne-Leplat. Rapport supplémentaire, page 5, question 13e : « Si M. Duthoit est allé chercher des war-

» rants à l'Entrepôt dans la voiture de Castrique, cela prouverait plutôt qu'il n'avait pas assez de
» confiance de le laisser aller seul et qu'il craignait peut-être que ces warrants ne lui auraient pas
» été remis. » Ainsi donc, l'allure naturelle n'aurait point été que le banquier dit au client d'aller
quérir ses warrants et que les fonds lui seraient remis en échange. Il est plus habituel, sans doute,
que le Chef de maison plante là son établissement pour s'en aller en course occulte, afin d'éviter
à son client (*et quel client !*) la peine de repasser !. .

Ailleurs, question 12, fin de la page du rapport supplémentaire :

Demande de Castrique à MM. Duthoit et Thomassin : « Demandez si ce n'est pas le 1er février
» 1884 vers midi dix qu'ils ont signé ma soumission en douane de trois cent cinquante mille
» francs. »

L'expert répond : « pour l'obligation de trois cent cinquante mille francs, l'expert en écritures
» a parfaitement traité cette question dans son rapport ; quant au jour et à la minute de l'apposi-
» tion de la signature, cela n'a aucune importance pour l'indication du chiffre majoré et la culpa-
» bilité de Castrique. » Or, l'expert en écritures ne dit pas un seul mot qui s'applique de près ou
de loin à l'époque où cette pièce fut signée, *et il s'en faut du tout au tout que cette époque soit indif-
férente !* M. Duthoit sait bien s'en rendre compte et nous serions fort étonnés qu'un homme aussi
avisé que M. Montagne-Leplat, et aussi pénétré des moindres détails de l'affaire, n'en eût pas
comme lui, n'en eût pas comme nous, mesuré toute la portée. M. Duthoit répond tout autrement
(cote 96, question 12 à lui posée par le juge :)

« N'est-ce pas le 1er février 1884, vers midi dix, que vous avez signé la soumission en douane
» pour Castrique, lequel prétend être de 350,000 fr. et non pas seulement de 50,000 fr. »

« Réponse. — « C'est **vers la fin** de janvier que j'ai signé cette soumission ; je ne me
» souviens pas de l'heure. » Or, dans sa déposition *initiale*, celle du 5 mai (cote 73), le même
M. Duthoit s'exprimait ainsi : « aux **premiers jours** de janvier 1884, Castrique s'est
» présenté chez nous dans nos bureaux...... et c'est alors qu'il nous soumit un projet d'acte
» de cautionnement fixe...... »

Pourquoi cette opposition dans les époques ? On ne le saura quand nous penserons le moment venu
de le dire : les deux gérants, notons-le bien, *avaient un intérêt capital à paraître avoir signé la
soumission* **AVANT LE 8 JANVIER**. Les derniers mots tracés par l'expert (« quant au jour
» et à la minute de l'apposition de la signature, cela n'a aucune importance....... ») l'exposent
donc au danger d'être soupçonné d'avoir voulu détourner l'attention du Magistrat instructeur d'un
point qui était peut-être de tous, ainsi qu'on le verra plus loin, le plus irréfragablement probant
contre MM. Duthoit et Thomassin.

Le cercle des connaissances spéciales qui l'on fait appeler par le juge ne lui suffira pas, dès lors
qu'il s'agira d'écarter des pas de MM. Duthoit et Thomassin les ronces du chemin. Il sera tout
aussi affirmatif en matière de technicité douanière, et là, il lui arrivera de se tromper, mais dans
l'intérêt des banquiers (dernières lignes de la page 26 et premières lignes de la page 27 du premier
rapport).

Allant au devant du reproche d'imprudence s'appliquant à l'engagement illimité contracté par
MM. Duthoit-Thomassin, reproche qui n'a jamais été fait que par nous, l'expert comptable ne craint
pas d'avancer qu'en cas d'accroc, la caution, *d'une manière générale*, a toujours pour « se couvrir »

la marchandise même, laquelle resterait sous la main de la douane. Ce serait vrai s'il s'agissait de marchandises déclarées pour l'entrée en Entrepôt, *mais là les soumissions et les cautions n'ont que faire et ne sont pas en jeu*, tandis que les rapports de Castrique avec ses banquiers, et l'Instruction même, roulent précisément sur l'inverse, sur l'antipode de l'Entrepôt, sur des acquittements de droits à payer en numéraire ou en traites *trois jours après* que les *marchandises auront été enlevées par le négociant* cautionné, sous la garantie précisément de la soumission. Il ne reste donc dans les magasins de la douane rien qui puisse servir de gage à personne et M. Montaigne-Leplat le sait à merveille. Il prouve, d'ailleurs, dans d'autres parties de son rapport, qu'il connaît fort bien ces matières et il ne sait pas moins qu'elles sont généralement ignorées. Quel est donc son but, en formulant ce contre sens capable de troubler un juge peu versé dans ces questions spéciales et qu'il doit supposer porté à le croire sur parole, puisqu'il tient de lui son mandat?

Il est une autre science ou du moins une prescience que l'on est presque choqué de voir apparaître sous la plume d'un auxiliaire de la Justice :

Second rapport, page 6, question 24, nous transcrivons sans expliquer.

« Cette question est longuement traitée dans mon rapport. Si MM. Duthoit et Thomassin » voulaient réellement cacher un paiement de 33,000 fr. pour le compte de Castrique, *le moyen le* » *plus simple* pour eux était de faire ce paiement eux-mêmes, en retenant la somme nécessaire sur » le warrant escompté la veille *et de l'annuler....* **en le jetant au feu.** » (!)

Peut-être, au fond, une telle action n'eût-elle pas été coupable, nous l'ignorons et ne le rechercherons pas, mais comment des procédés aussi sommaires peuvent-ils venir à l'esprit, et s'ils y viennent, cependant, comment étale-t-on ce genre d'habiletés radicales ?

Ailleurs, au cours de son premier rapport, l'Expert, dans un de ces passages où il ramène à tout instant sa préoccupation dominante d'écarter des banquiers le soupçon qu'ils aient prêté la main à une manœuvre, décrira *un moyen qui eût été, suivant lui, le meilleur* de leur part, pour éviter de laisser surprendre un accord secret avec leur client. Consultation bien singulière, en vérité, quoique posthume, et qu'on s'attendrait peu à rencontrer à cette place !

Nous nous en tiendrons là, relativement à l'expert, nous déclarant prêts à répondre à telle articulation du rapport qui viendrait à nous être opposée. Nous ne terminerons pas, cependant, l'image que nous avons tracée de ce que fut, dans cette affaire, l'expert-comptable dont MM. Duthoit-Thomassin s'approprièrent le travail pour en faire le pivot de leurs attaques contre nous, comme il fut autrefois la cause dominante du renvoi de Castrique devant la Cour d'Assises, — nous ne terminerons pas, disons-nous, sans retracer ce que fut M. Montaigne-Leplat au cours de la séance inoubliable où il déposa devant le Jury.

A peine eut-il prêté serment, qu'il s'empara de l'audience, débutant par une longue et virulente charge, aussi habilement conçue qu'adroitement débitée : il possédait admirablement son sujet. Puis, armé des traites elles-mêmes, il s'offrit à les présenter aux Jurés, escalada rapidement l'estrade, évoluant longuement parmi eux, les prenant un à un, leur parlant à l'oreille malgré les protestations répétées du défenseur et les rappels du Président. Il était lancé, et rien ne l'arrêtait dans son entreprise. On en était presque à se demander s'il n'avait pas fait son affaire de la condamnation de l'accusé. L'audience se prolongea, l'heure des trains d'après-midi pour Lille était passée.

Avec deux fonctionnaires assignés en témoignage comme nous, nous gagnâmes un hôtel de la ville. En pénétrant dans la salle à manger, nous aperçûmes dans un angle M. Duthoit et M. Thomassin avec M. Denis leur fondé de pouvoirs, ancien comptable-surveillant de Castrique, — et M. Montaigne-Leplat, le témoin du jour, tous réunis à une table à part, pour prendre fraternellement le repas du soir !...

Sans doute, cette marque d'intimité en un pareil moment, et nonobstant les rôles de chacun, ne tombait point sous le coup de la loi; non plus, évidemment, que les leçons données dans le rapport sur les meilleurs moyens à prendre pour se débarrasser d'une pièce gênante et pour dissimuler un accord compromettant ; mais il nous semble difficile que chacun n'en conçoive pas, et n'en garde pas, comme nous, une de ces impressions qui ne sèment point la foi derrière elles.

Reprenons le fil de notre récit.

Déjà, nous avons retracé comme quoi la détermination d'un chiffre de cautionnement provint de l'initiative seule, de l'initiative imprévue d'un Receveur Principal des Douanes, brusquement nommé tel à la mort subite du titulaire. Par lettre du 18 Janvier 1884, ce fonctionnaire réclama de Castrique une soumission nouvelle, dont il fixa l'importance à quatre cent mille francs. Cet acte aurait été signé fin Janvier ou 1er Février. L'arrêt de la Cour de Cassation retient le 31 Janvier.

Nous avons reproduit plus haut la partie des dépositions premières par lesquelles M. Duthoit et M. Thomassin, venant les 5 et 9 Mai 1884 justifier à l'instruction la plainte qu'ils avaient portée, exposèrent les conditions dans lesquelles la soumission leur aurait été soumise par Castrique et aurait été signée par eux. Pour plus de clarté, nous résumerons brièvement ici ce passage, nous référant aux démonstrations diverses par lesquelles nous avons établi que leurs déclarations ne pouvaient pas être en cela conformes aux faits. Ici, c'est d'un autre côté de la question et d'un autre accroc à la réalité qu'il s'agira.

Castrique se serait présenté chez eux, leur aurait appris que la Douane exigeait une fixation de chiffre au lieu de l'engagement illimité en cours depuis longtemps. Exhibant alors un autre acte libellé à cent mille francs qu'il aurait eu sur lui, il les aurait priés de le signer, *sans doute en ajoutant que telle était la somme indiquée par la Douane*, et, ne l'eût-il point dit, que c'eût été sous entendu. Or, ils sont muets et restent par la suite muets, aussi bien dans leurs dépositions que dans leurs orageuses confrontations avec Castrique, sur ce point qu'il est pourtant essentiel d'éclaircir. Nous allons donc l'examiner.

L'importance du chiffre, disent-ils tous deux, et *l'importance seule du chiffre* les surprit et les effraya. Ils répondirent à Castrique, prétendent-ils, qu'ils ne pouvaient s'engager avec lui pour une somme pareille, mais qu'ils voulaient bien aller jusqu'à cinquante mille francs. M. Thomassin aurait saisi sa plume et mis hors de service le projet présenté, en passant un trait sur les mots « Cent mille francs » et en inscrivant « Cinquante mille » en marge, comme une note ou un index. Castrique n'aurait rien objecté ni rien dit, aurait un moment quitté la banque, et serait revenu « quelques instants après » avec un nouvel acte, portant cette fois « Cinquante mille francs ». Celui-ci aurait été signé sans observation par l'un des deux associés, et remis à Castrique qui se retira l'emportant.

Dans divers documents, et notamment dans la confrontation première du 16 Mai (cote 76), Castrique oppose sa version.

Et d'abord, il est bien évident qu'il était allé, dès le principe, prévenir la banque du chiffre même demandé par la lettre du Receveur Principal des Douanes. Déjà, la logique l'indique, mais la démonstration ressort d'ailleurs de certains détails. On lit, par exemple, dans l'une des dépositions de Castrique, cette indication incidente qui vient là sans que visiblement, il y attachât la moindre importance, que cette lettre a dû être retrouvée soit dans ses papiers, *soit à la banque.*

MM. Duthoit et Thomassin savaient assurément quelle était la somme indiquée par le Receveur Principal, et en admettant même un instant qu'ils ne l'eussent point apprise de Castrique, comme ils ont tenté de l'insinuer, sans l'exprimer pourtant nulle part, si, dès lors, la somme de « Cent mille francs » inscrite sur l'acte présenté par Castrique avait été donnée par lui comme traduisant la réquisition de la Douane, bien loin de rester médusés devant l'énormité du chiffre, système dans lequel ils se sont cantonnés, ils auraient nécessairement demandé, au contraire, comment il pouvait bien se faire que la Douane songeât à délaisser l'illimité pour y substituer une garantie en quelque sorte dérisoire par rapport au montant permanent des traites simultanément en circulation, additionné des droits représentés par les marchandises à tout moment enlevées avant réglement sous la garantie de la caution.

Certainement, on viendra objecter que ces traites étaient majorées et que l'on croyait tout l'ensemble inférieur à cinquante mille francs. A cela, nous ferons deux réponses, et voici la première.

C'était la caisse même de la banque qui fournissait les fonds pour tous les besoins de Castrique. Elle n'ignorait pas que ce qu'elle donnait dans de telles proportions s'appliquait toujours à des réglements avec la Douane, et par ailleurs, le papier qu'elle exigeait, en échange de toute remise de fonds, se composait exclusivement, soit de warrants s'appliquant aux cafés ainsi importés, soit de traites tirées par Castrique sur ses acheteurs. Enfin, on n'a pas oublié le mot si caractéristique à cet égard de M. Duthoit, mot que nous avons retracé au début, « il venait nous demander des « vingt mille et des vingt mille, et quand nous lui disions, « mais que faites-vous donc de tout cet « argent », il répondait invariablement c'est pour payer la Douane ».

Nous connaissons bien l'objection : nous l'avons lue dans les dépositions des banquiers, et naturellement, l'expert l'a reprise à son compte en y insistant. Toutes ces sommes, nous diraient nos contradicteurs, étaient sans doute données à Castrique pour payer la Douane, mais pour la *payer comptant*, nullement pour régler des traites. On rapporte, effectivement, que, sur le Livre-Journal de Castrique, la traite rédigée en deux fois s'inscrivait comme il suit : prenons un chiffre imaginaire et supposons un effet d'abord de 800 fr. (en vue de l'inscription au compte-ouvert dont nous avons expliqué l'économie et la destination) et devenu aussitôt après 18,800 fr., grâce au blanc. On en aurait fait article ainsi :

Du 7 Mars.......	Traite de Douane..........	800 fr.
	Droits au comptant.........	18.800 fr.
	Total............	18.800 fr.

S'il en était ainsi, le jour où Castrique venait de la sorte prendre 18,800 fr. « pour payer la douane », si la traite avait bien été censée, aux yeux des banquiers, être ce que nous voyons là, ceux-ci n'auraient-ils pas dit dès longtemps à leur client, puisqu'ils causaient avec lui

du sujet (nous venons d'en tracer un échantillon), « En vérité, vos traites ne sont là qu'un appoint !
« Que ne payez-vous donc tout au comptant, ce serait bien plus simple. »

Mais ce n'est pas pour objecter ceci que nous avons tracé ce qui précède.

A ce raisonnement, Castrique a riposté que s'il en eût été ainsi, on aurait vu apparaître des avis
ou bordereaux le débitant de commissions au titre argent comptant correspondant à la différence.
Il a déclaré que jamais la coïncidence n'avait existé et demandé que l'on s'en assurât. Il ne semble
pas que cette intéressante et facile vérification ait jamais été faite, ou du moins, c'est en vain que
nous en avons cherché trace dans le rapport de l'expert comptable.

Il est vrai que rien n'eût empêché les banquiers de coucher sur leurs livres une affectation
romantique, **ainsi qu'ils l'ont fait**, en conviennent-ils, à propos de l'escompte de certain gros
warrant dont nous parlerons à son heure !.........

Voici notre seconde réponse :

MM. Duthoit et Thomassin, et l'expert avec eux, désignent comme première traite majorée,
celle du 24 juin 1882, premier effet aussi qui ne fut point payé à la banque même. Ils ne s'appuient
sur rien pour fixer ce point de départ, mais enfin ils le fixent tel. Admettons un instant qu'ils
aient dit vrai. Jusque-là, tout au moins, ils ne dénieront pas l'importance des *sommes s'appliquant aux effets*, puisque c'est de leurs mains que ceux-ci ont été réglés à l'échéance. Or, ils ont
donné jusqu'à cette date, en moins de dix-huit mois, nos états officiels le prouvent, 551,249ᶠ53ᶜ,
soit en moyenne 122,500 fr. par période de quatre mois, *rien que pour des traites échues*. Un effet
du 16 mars 1882 (à échéance de 120 jours), payé par eux, est à lui seul de 22,748 fr. Le lendemain,
ils en réglaient un autre de 5,107 fr., puis, le surlendemain, un troisième de 17,954 fr., soit, en
trois jours *quarante-cinq mille huit cent neuf francs* pour trois *traites de douane* ; aucune part n'est
là faite au comptant. Quand donc, à quel propos, dans quelle circonstance auraient-ils transformé
si radicalement la nature de leurs opérations avec Castrique. *Ils n'en soufflent mot nulle part.*

Il leur faudrait, en vérité, une mémoire bien ingrate pour que, dix-huit mois seulement après les
paiements que nous venons de relater, tout fût si bien rayé de leurs souvenirs, que l'apparition de
« cent mille francs » produisit un effet fantastique, et surtout, pour qu'ils eussent même pu
admettre un instant, et sans nulle remarque, qu'à cela pût être limitée la demande adressée par la
Douane. Or, bien loin d'avoir fait à Castrique une observation dans ce sens, ils paraîtraient plutôt
avoir voulu donner à penser le contraire. Tout concourt donc à établir qu'ils connaissaient fort bien,
et c'était d'ailleurs trop naturel, les véritables exigences de la Douane ; mais leur système les oblige
à feindre le contraire. Enfin, il n'est pas admissible que la lettre du Receveur Principal ne leur
eût point, de prime-abord, été portée par leur engagé solidaire, — qu'ils ne l'eussent point au
besoin réclamée, et du reste, dans leurs dépositions comme à l'audience, ils ont été assez prudents
pour s'abstenir d'y faire la moindre allusion.

Au surplus, nous pouvons donner nous-même une trace probante de ce que nous venons de
démontrer.

Lors de cette démarche à la Douane que fit M. Duthoit le 3 mai 1884 et que nous avons dépeinte
au début, il est à notre souvenance *très positive et très formelle*, que la sorte d'incident que voici se
passa. M. Duthoit nous expliquait le procédé, toujours le même, employé par Castrique pour
majorer les traites et que celui-ci aurait, de son initiative, confessé un beau jour à son associé et à

lui. Il consistait, nous dit M. Duthoit, à ménager des blancs avant l'énoncé de la somme, et c'est ainsi, poursuivait-il, raisonnant sur la soumission générale de 350,'00 fr. dont il venait de nous signaler la majoration et qu'il avait reprise pour donner ses indications, ainsi qu'un mathématicien démontre un théorème au tableau, c'est ainsi, nous dit-il, que Castrique, inscrivant apres coup le mot « cent » au commencement de la ligne sur laquelle étaient les mots cinquante mille francs, et le mot « trois », à l'extrémité finale de la ligne au-dessus, de « cinquante mille » aurait fait « trois cent cinquante mille. » Remettant alors cette pièce sur la table, et exhibant l'acte préparé pour « cent mille francs », mis hors de service par M. Thomassin, il voulut compléter sa démonstration par un autre exemple, plus clair encore, et nous fit constater que là, les mots « cent mille francs » étaient écrits tout à fait au commencement de la ligne ; puis, qu'un grand vide existait à l'extrémité finale de la ligne au-dessus, après les mots « s'engager pour la somme de . . . . . . » *Mettant ensuite le doigt sur ce vide*, nous le voyons encore et nous l'entendons ; il s'écria : « Si nous « avions signé, Castrique *s'était proposé* de mettre là, ensuite, **le mot QUATRE** » ! M. Duthoit ne se trahissait-il pas encore lui-même et ne montrait-il point, sans le vouloir, la connaissance qu'il avait des « **QUATRE** cent mille francs » demandés par la Douane ? Sinon, il y aurait eu là, vraiment, une coïncidence absolument surnaturelle.

Qui ne reconnaîtra le cri de la conscience dans ces mots du début, dans ces mots du moment où les gérants se croyaient sûrs de l'avenir et n'imaginaient pas que personne, jamais, pût démêler la trame ourdie et même l'existence d'une trame.

La pièce a été produite aux débats par nos adversaires. Elle n'est point en notre possession, mais nous pouvons donner ici la reproduction du calque qu'en a tracé dans son rapport l'Expert en écriture. La voici, et le vide qui ressort là est un de ceux, par parenthèse, dont M. Thomassin dira dans la déposition où, de son côté, il explique à l'instruction le procédé toujours identique et si souvent renouvelé qu'aurait employé Castrique, que celui-ci (cote 77) ménageait des blancs conçus de telle sorte et si adroitement, *qu'ils ne pussent* « **ATTIRER SON ATTENTION.** » Le Tribunal appréciera, alors qu'il envisagera le quadrilatère béant placé sous le mot « demeurant » au-dessus de « dans les délais », et, croyons-nous, il appréciera plus nettement encore quand viendront d'autres reproductions photographiques du même ordre. « *L'attention* » de M. Thomassin, banquier, homme d'affaires, s'éveillait, tout au moins, bien difficilement, on ne peut en disconvenir.

La version de Castrique, plusieurs fois reproduite par lui, diffère essentiellement de celle des banquiers, mais son résumé, tel qu'il est libellé, reste un peu confus au début. C'est bien cette version qui est exacte, et, en substance, la voici.

Le 31 janvier (1er Février dit-il), il serait arrivé à la banque *les mains vides de tout projet d'acte*, aurait rédigé seance tenante et sur place la soumission avec les mots « trois cent cinquante mille francs », l'aurait remise à M. Thomassin, celui-ci l'aurait passée à son associé en lui disant : « *Tiens signe, là, vas, toi.* ». (Castrique au Juge d'instruction. — Note du 17 mai). M. Duthoit l'aurait signée, ainsi qu'il en convient du reste, et l'aurait remise à Castrique sans s'en occuper davantage. Puis.........mais transcrivons simplement :

Première confrontation après l'arrestation, avec MM. Duthoit et Thomassin *réunis* (cote 76).

« Comment expliquez-vous (dit le Magistrat instructeur à Castrique) ce projet de soumission « pour 100,000 fr. et dont la somme a été raturée par la main de M. Thomassin et remplacée par « la somme de 50,000 fr. Cela ne viendrait-il pas à l'appui de leur prétention qu'ils n'ont voulu « vous cautionner que de ladite somme de 50,000 fr.

« Réponse : Ce sont ces Messieurs qui, **après la confection de l'acte** (celui de « 350,000 fr.) **et ma signature, m'ont demandé de rédiger celui que vous me « présentez pour leur Conseil d'administration.** »

« Demande : Mais, s'il en était ainsi, ils vous l'auraient fait rédiger pour 50,000 fr. »

« Réponse : **La rature et le renvoi sont probablement de date récente** et « n'ont pas été été approuvés par moi. *Cet acte n'était pas destiné à la douane*; **il devait « demeurer dans leurs bureaux** ».

A quelle explosion le lecteur ne doit-il pas s'attendre de la part de deux banquiers s'entendant accuser bien en face et *pour la première fois*, d'une manœuvre d'un tel caractère ! L'interrogatoire la dépeint par ces mots, qui suivent immédiatement ce qui précède, et que nous craindrions d'affaiblir en les traduisant :

« **Le témoin Thomassin continue :**

« **QUOI QU'IL EN SOIT**, nous n'avons pas accepté de cautionner Monsieur Castrique « pour plus de 50,000 fr. Il a donc apporté, le jour même, un acte rédigé dans ces conditions, « c'est-à-dire pour une caution de 50,000 fr. et c'est M. Duthoit qui l'a revêtu de la signature « sociale. »

On n'est vraiment pas plus sobre de révoltes, plus ménager de protestations et de dénégations. Nous en serions peut-être moins frappés si, partout ailleurs, on ne les prodiguait toujours, bien que sans les étayer jamais de preuves, et si l'articulation de Castrique n'avait pas une si lourde signification dans l'affaire.

On n'est pas moins avare non plus de démonstrations établissant le caractère calomnieux de l'articulation. Mais il aurait fallu que ce caractère fût tel, pour que l'effet de surprise produit sur les banquiers amenât de leur part un éclat, et s'il s'était pourtant produit, le résumé de l'interrogatoire n'en aurait point entièrement passé la trace sous silence puisque, nulle part au dossier, le juge et son greffier n'ont agi de la sorte en pareil cas. On est donc conduit à penser que ce caractère calomnieux n'existait en aucune façon, ce que les deux gérants devaient savoir mieux que personne. Tâchons de nous en rendre compte.

Que ce qui se trouve dans la version de Castrique soit exact de point en point, cela ne semble pas faire doute, mais le récit n'est pas complet : il ne donne que l'épilogue du 31 janvier. Auparavant, pendant les dix ou douze jours qui précédèrent, avaient eu lieu des pourparlers, c'est bien certain, et si le lecteur a suivi tout l'enchaînement, il sentira déjà quelle en dut être la nature. L'injonction du Receveur Principal (18 janvier) demandant un chiffre précise jeta l'effroi chez tous les acteurs, à la banque, autant et plus que chez Castrique et le premier mouvement des gérants fut évidemment de signifier à leur client de ne plus compter sur eux désormais. Alors dut forcément être réédité le raisonnement de 1882. Sans doute, aura dit Castrique, sa position était redevenue bonne, mais pas assez, cependant, pour lui permettre de se libérer sans crédit des 300,000 fr. de traites alors en circulation pour la douane. Suppression de cautionnement, et cette fois encore, la banque allait devoir payer une bonne part de la somme, à défaut du client abandonné par elle.

Pris de nouveau dans l'engrenage des avals à échéances successives, les banquiers auront répondu : soit, puisque la nécessité nous y force, nous continuerons donc encore, mais cette fois, il faudra *liquider vivement et ne penser qu'à liquider et puis nous nous séparerons*. Mais nous n'entendrons pas nous mettre, vis à vis du Conseil, à la merci d'une indiscrétion désormais bien facile. Dès lors, si nous continuons à vous cautionner, il faut que ce soit à vos seuls risques et périls. Il faut aussi *que nous vous ayons dans la main*, parce que (le passé le démontre) vous n'allez pas, nous le craignons, vous attacher uniquement à amortir et nous délivrer au plus tôt d'une solidarité qui nous pèse ; vous marcherez encore sur nouveaux frais, nous menant d'une traite à l'autre, et quelque jour tout se découvrira, c'est inévitable. Voici donc nos conditions. Grâce à ce procédé que depuis si longtemps vous employez en matière de traites, il faut que nous puissions *au besoin* démontrer qu'à notre insu vous en avez usé à l'égard de la soumission générale qui doit préciser désormais la marche des crédits. Nous vous offrons donc notre signature, mais à la condition sine qua non que vous laisserez dans nos mains une pièce témoignant que *nous vous avons refusé de vous cautionner au-delà de la somme inscrite dans la créance hypothécaire* que nous avons prise sur vos biens. Mais cette somme est de cinquante mille francs ; or, le chiffre indiqué par la Douane ne se prête pas à une *combinaison typographique* permettant d'établir quelque jour, s'il le faut, que ce fut pour une somme identique au montant de cette créance que nous avons signé solidairement avec vous, et que nous dirions alors avoir été majorée par vous après coup, il faut vous y attendre. Vous devrez donc faire en sorte *que les mots « cinquante mille francs » terminent l'énonciation du montant* quel qu'il soit.

Castrique n'avait pas à choisir. Il fallut en passer par là, et d'ailleurs, nous n'imaginons pas qu'il fût homme à s'embarrasser pour si peu ! Il se dit qu'il ferait aisément son affaire à la Douane de cette réduction d'évaluation, et immédiatement, *sans sortir de la banque*, ainsi qu'il le déclare , il libella l'acte de trois cent cinquante mille francs conformément à l'ultimatum des banquiers. Il l'écrivit même si précipitamment qu'il sauta deux mots à la treizième ligne. On y lit, en effet « des liquidations *relatives que j'aurai déclarées* » au lieu de « liquidations relatives *aux marchandises* que j'aurai déclarées. »

Rappelons à ce propos ce mot du début émanant de M. Duthoit et qui peint bien aussi un autre cri de la conscience : « Et ce gaillard-là a été si adroit qu'il a fait ses adjonctions dans nos propres bureaux. » Il a été interrogé à ce sujet par le Magistrat instructeur à qui nous avions rapporté ce propos, et l'on constate (cote 79), que ses réponses furent éloquemment embarrassées. Convoqué à ce même moment, nous en avons jugé nous-même. Qui lira jusqu'au bout cet interrogatoire intéressant bien que succinct, y démêlera en substance tout le fond de l'affaire et constatera que l'attitude et les réponses de M. Duthoit étaient bien celles d'un accusé qui se défend (et qui se défend mal), nullement celles d'un plaignant venant éclairer la Justice.

Castrique écrivit ensuite la pièce qui devait le tenir à la discrétion des banquiers, pièce conçue de telle sorte que l'on y pût lire à la fois *un soi-disant refus* et lire aussi *la limitation même* de la concession *que l'on aurait offerte.*

Cette pièce de la première heure, elle fut exhibée par les gérants, invoquée comme leur témoin principal vis-à-vis du Parquet, vis-à-vis du Conseil de surveillance, puis à la Douane. Ils comptent à tel point sur elle, ils craignent tellement de n'avoir pas assez gravé dans l'esprit du juge l'impression qu'ils en attendent, qu'après y avoir insisté, l'un après l'autre, le 5 Mai, et puis le 9 Mai, on verra M. Thomassin ne pas se contenter le 9 de ce qu'il vient d'en retracer dans sa déposition même. Au moment de s'en aller, il se ravise et fait inscrire un post-scriptum qui s'y rapporte encore :

« Et après lecture, le témoin dit : Je crois devoir appeler votre attention sur la circonstance sui-
» vante qui me paraît très importante :

« Au moment de ses aveux, Castrique m'a plusieurs fois demandé si le projet de soumission
» pour 100,000 fr., raturé par moi, était resté entre nos mains. *Je lui ai répondu que je croyais cette*
» *pièce détruite. J'ignore donc l'existence de ce document dans notre dossier.* » (1)

Mais la Justice ne se prêtera pas à ces cachotteries dans les accusations. Elle entend que chacun, quel qu'il soit, puisse s'expliquer, — soit appelé à se défendre. Aussi, cette *soi-disant ignorance* de Castrique, le juge lui-même la dissipera sans attendre. Nous en voyons la preuve dans cette *première confrontation* des plaignants avec l'accusé, dont nous avons donné extrait plus haut (cote 76) et qui suivit presqu'aussitôt. Et là, placés sous le regard de Castrique, nous avons vu les deux banquiers rester muets devant l'articulation si précise dont nous avons donné la reproduction textuelle.

L'idée qui se cache dans le post-scriptum ci-dessus n'est pas seulement, c'est visible, de bien placer les premières impressions de l'Instruction sous l'influence de la version que l'on vient de donner au sujet de cet acte annulé. Le véritable but est tout autant, peut-être, de prendre les

---

(1) La connexité que les banquiers se proposaient de présenter entre ce projet *bâtonné* en Janvier **1884** *comme différant de 50,000 fr.*, la créance hypothécaire de cette valeur du 30 Mars **1882** et la soumission générale qu'ils signèrent le 31 Janvier **1884** soi-disant pour 50,000 fr.; cette connexité était si bien leur plan qu'ils la couchèrent explicitement dans leurs conclusions de première instance. Voici l'extrait recueilli sur la copie du Jugement:

« Attendu que Duthoit, Thomassin et Cᵢᵉ produisent une soumission toute semblable (à celle de 350,000 fr.) datée du même jour, aussi
» de l'écriture de Castrique et signée de lui, portant les mots « cent mille francs » biffés, et en marge, les mots « cinquante mille francs»
» écrits de la main de Thomassin.

» *Qu'en effet,* Duthoit, Thomassin et Cᵢᵉ avaient refusé de s'obliger pour cent mille francs et avaient déclaré ne vouloir le faire que
» pour cinquante mille, *cette somme étant égale à l'hypothèque* qu'ils avaient prise contre *Castrique,* précisément en garantie des
» avances qu'ils pourraient être tenus de faire pour son compte à l'Administration des Douanes en raison d'avals ou de cautionne-
» ments....... »

devants sur ce que l'on sent bien devoir être déclaré par Castrique. Si celui-ci *avait ignoré*, en effet, la conservation de la pièce par les banquiers, c'est donc que cette pièce (*veut-on insinuer*) n'aurait pas été pour eux *l'arme qu'ils avaient imposée* en prévision de l'heure des résolutions suprêmes. Nous retrouverons plus loin le même procédé.

En possession de son crédit de 350,000 fr., Castrique déposa la pièce à la douane. Elle y fut apportée par lui le 1ᵉʳ Février entre midi et une heure et remise sous enveloppe et sans observation au Caissier, qui déposa le pli dans le cabinet du Receveur principal momentanément absent. Plus tard, celui-ci ayant pris connaissance de l'acte, constata qu'il n'était que de 350,000 fr. au lieu de 400,000 fr., objet de sa demande. Bien qu'un peu étonné de n'avoir reçu à cet égard aucune communication préalable, il passa condamnation par ce double motif que la *marge* appliquée ainsi aux *éventualités* ne différait guère de ses propres évaluations, et que d'ailleurs, il arrêterait en conséquence les consignes à donner dans le personnel pour l'enlèvement des marchandises avant règlement de la taxe.

Les banquiers, avant de signer, avaient donc posé à leur client, relativement à l'amortissement de la dette en cours, cette réserve que ce fût le seul objectif à envisager désormais. Castrique devait forcément s'appliquer à paraître sincèrement acquis au programme. Il voulut, dès lors, qu'un écho en vînt aux oreilles des deux gérants, de la part de quelqu'un en qui ils eussent foi. Ce quelqu'un, il l'avait sous la main. C'était M. Denis, le fondé de pouvoirs de la banque, placé chez lui sous couleur de tenir ses livres, mais en fait, pour le surveiller. On n'a pas oublié la retraite de celui-ci en Janvier 1884, *quand il déserta la place comme devenant dangereuse*; on se rappellera que l'injonction du Receveur principal, créatrice du coup de théâtre, était de ce côté *du 18 Janvier* et l'on saisira bien ainsi toute la signification de ce qu'on lit dans la confrontation du 15 Septembre (cote 129) entre M. Denis et Castrique. Celui-ci ayant prié le juge d'inviter son ancien comptable à déclarer si, oui ou non, il l'avait entretenu au mois *de Janvier* de son « *intention de diminuer le plus possible ses droits de douane* », l'Instruction écrit la réponse en ces termes très nets :

« *Oui, c'est la vérité ; je me le rappelle.* »

Mais ce que Castrique annonçait de la sorte, il ne pouvait se résoudre à l'appliquer pourtant, car il fallait souffler ainsi sur les brillantes perspectives entrevues. Celles-ci n'étaient point chimériques. En effet, le large crédit que lui avait conservé la banque après sa débâcle de 1882 avait maintenu dans ses opérations un élan et une élasticité qui lui avaient permis de se remettre à flot. L'actif avait bientôt tendu à dépasser le passif, le débit de café torréfié se multipliait, les succursales pour la vente succédaient aux succursales. On tenta même de faire grand. Ainsi, entre la débâcle de 1882 et l'injonction de la Douane en janvier 1884, on voit Castrique cherchant à monter une Société en commandite par actions pour l'exploitation et le développement de son usine.

Dans son prospectus y relatif du 10 avril 1883 : on lit ce passage au milieu de l'exposé qu'il fait de sa situation et des garanties qu'il présente. Il se couvre du pavillon de la banque Duthoit-Thomassin, dont il pense, sans doute, que la notoriété doit répondre pour lui, attirer les capitaux disponibles et les rassurer au besoin.

« Principal fournisseur de Lille, j'ai une clientèle considérablement accrue dans ces derniers » temps, qui me prend environ 1,730 kg par jour. Mais ce n'est pas 1,730 kg par jour que je

» voudrais faire et que mon matériel me permettrait de faire, c'est 5 ou 6,000 kg susceptibles d'un
» écoulement certain, même 10,000 kg. »

» Je suis en relations avec le Brésil et les principaux pays de production. Ma maison du Havre
» reçoit d'eux directement la matière première. J'ai en ce moment en magasin et en entrepôt près
» de 300,000ᶠʳ· de café. Mon mouvement d'affaires avec MM. Duthoit-Thomassin et Cⁱᵉ, banquiers
» à Lille, s'est élevé l'année dernière à 2.067.065ᶠʳ·,06. Au 31 décembre dernier, je restai leur
» créancier pour une certaine somme. »

Si l'on se reporte aux chiffres que nous avons donnés plus haut, on constate que, comme
mouvement final de caisse, les sommes considérables extraites annuellement en espèces des coffres
de la banque, l'inscription des valeurs correspondantes escomptées en échange, etc..., etc...,
répondaient, en effet, *en comptabilité*, à un mouvement total de cet ordre ; et le Président du
Conseil de surveillance a déclaré, par ailleurs, que, comme il l'écrivait ainsi, Castrique était
créditeur à la Banque de « sommes importantes ». L'annonce de l'activité de la vente n'était pas
moins exacte : l'Expert-comptable retient que six succursales fonctionnaient simultanément, et,
quant à l'importance des cafés possédés, elle ressort à la fois de cette activité même, du chiffre des
droits payés à la Douane, de celui du papier et des warrants escomptés par MM. Duthoit Thomassin,
enfin, d'autres opérations accessoires menées parallèlement. Ainsi, Castrique livrait des cafés à la
Guerre par fortes quantités (cinq à six cent mille francs entre 1880 et 1884). Cote 134. Déposition
de M. Bréard, officier principal d'Administration pour les subsistances.

Nous ignorons si MM. Duthoit Thomassin encourageaient ce projet de Société, mais ils le
connaissaient du moins à merveille, *de même que la teneur du prospectus et ses chiffres et descriptions,*
car celui-ci avait été répandu à profusion et les statuts de la Société anonyme **déposés chez
ce même notaire**, Mᵉ Lemay, qui rédigea et reçut le 30 mars 1882 l'acte de créance hypothécaire de 50.000ᶠʳ· relatif précisément aux crédits de douane.

Castrique voyait donc dans l'appui de la banque un moyen, et le seul moyen, pour arriver à la
fortune. Aussi, remit-il toujours au lendemain la réduction progressive de ses opérations à la
douane. Les banquiers le suivaient avec anxiété. L'étude du dossier, la lecture de maintes pièces,
celle du rapport de l'expert-comptable révèlent à chaque pas l'indice de tiraillements désormais
incessants et de plus en plus prononcés. Les banquiers deviennent difficiles pour les remises
d'argent, puis, pour la signature des traites. *En somme, d'un côté on veut poursuivre quand même,
de l'autre on veut arrêter à tout prix.* Des scènes éclatent et Castrique va jusqu'à verser des larmes,
il arrache morceau à morceau la continuation des crédits. Les banquiers vivent cependant dans
une inquiétude cruelle ; ils sentent le besoin de s'en affranchir. Au mois de Mars, M. Duthoit,
comme on l'a vu plus haut, va passer chez Castrique une inspection nouvelle, et là, quoi qu'il en
dise, il examine tout. L'usine elle-même, il le trahit quand il laisse échapper qu'il a visité « *les
turbines* » ; — la comptabilité et les livres, divers témoins en déposent, — et il rentre chez lui, nous
l'avons vu dans sa déposition, pénétré d'une impression peu rassurante.

Aussitôt, bien certainement, les deux banquiers ont dû se concerter et se dire pour la dernière
fois qu'il fallait couper court , coûte que coûte, s'ils ne pouvaient pas obtenir de Castrique qu'il
renonçât enfin, *de lui-même* , au mécanisme des traites écrites en deux fois.

Le 28 Avril, Castrique vient demander des fonds et on lui en refuse. Peu à peu éclate une scène violente. Que fut-il échangé au juste? Évidemment, ce que nous tenons pour certain d'avoir eu lieu, personne ne s'est avisé d'aller en laisser trace écrite et littérale. Mais, on en voit assez, cependant, pour tout reconstituer. On lit, en effet, que, le 1er Mai (cotes 73 et 74) on signifia à Castrique, en réalité que cette fois c'en était fini de la convention, *que l'on répéterait les chiffres* désormais. Il avait encore arraché la veille une somme de dix mille francs, toujours pour aller payer des traites, mais la résolution des banquiers était bien prise.

Eh bien, ici encore, le témoignage le plus éloquent que nous invoquions de la vérité de nos dires dans leur ensemble, c'est toujours le caractère inexact des dépositions des banquiers. Sans les discuter mot à mot pour ce qui touche à leur récit détaillé de cette scène invraisemblable dans laquelle Castrique serait venu tout révéler, nous retracerons seulement la façon dont M. Thomassin présente l'épilogue, le moment de l'arrestation! D'après lui, Castrique était là pleurant, poussant des interjections dénuées de sens . . . . . . mais le mieux est de mettre en regard l'exposé de M. Thomassin et celui de Castrique.

Dans ses dépositions, confrontations et lettres diverses, Castrique expose et son récit concorde, du reste, avec certaines parties de celui des banquiers, qu'il était allé le 2 Mai chercher des signatures et de l'argent pour lesquels on le lanternait depuis la veille au matin, le faisant revenir en lui disant qu'il aurait tout un peu plus tard. Ce dernier jour, au moment dont il va être question ci-dessous, impatienté d'attendre, il aurait fini par déclarer à M. Thomassin, qu'après tout il en avait assez à son tour, et qu'il allait se rendre, de ce pas, pour exécuter la menace qu'il avait faite de dévoiler la convention secrète, devant le Conseil de surveillance alors réuni dans la pièce à côté : M. Thomassin lui aurait répondu à peu près : « Allez-y donc si vous voulez, vous y trouve- « rez M. Duthoit et vous vous expliquerez contradictoirement. » Castrique serait alors sorti du cabinet de M. Thomassin. Dans le couloir, quelqu'un qu'il ne connaissait pas se trouvait là debout. Il s'avança jusqu'à la salle du Conseil, s'arrêta sur le seuil et attendit, dit-il, que le Président qui le voyait, lui fît signe de pénétrer; sur ces entrefaites, M. Duthoit parut. Castrique lui signifia sa résolution, M. Duthoit fit un signe à la personne qui attendait, celle-ci s'avança vers Castrique et lui mit la main au collet. C'était le chef de la sûreté, M. Droulez.

Ayant connu après son incarcération la version de M. Thomassin relative à ses soi-disant aveux, suivis de son attitude, soi-disant désespérée, de la dernière heure, Castrique qui prétendait, au contraire, avoir eu une explication orageuse avec M. Thomassin, explication dans laquelle il aurait taxé lui et son associé de coupables méritant mille peines et qu'il aurait terminée en s'élançant pour parler au Conseil, fit appel au témoignage de ceux-là qui auraient entendu, s'il les avait poussées, les exclamations désespérées que lui prêtait M. Thomassin.

M. THOMASSIN (cote 74)	Voici le texte de la confrontation (cote 128) entre Castrique et le Chef de la sûreté.
. . . .	CASTRIQUE.
. . . .	. . . .
Le lendemain vendredi, Castrique revint dans nos bureaux plusieurs fois pour connaître notre	« Je me suis arrêté en face de cette porte large « ouverte, devant le Président du Conseil qui « ne me fit pas entrer. C'est à ce moment là

décision. Dans sa dernière entrevue avec moi et tandis que M. Duthoit était allé prévenir le Parquet, *Castrique donna les signes du plus profond désespoir*, quoiqu'il ignorât la démarche faite auprès du Procureur de la République. « **Je suis un misérable, dit-il, je voudrais qu'on m'empoisonnât, qu'on m'assassinât!** A ce moment sont arrivés les sergents de ville qui ont procédé à son arrestation.

« que le témoin, que j'avais aperçu, déjà et que « je croyais être l'huissier du Conseil, me pria « de le suivre. M. Duthoit me dit : « C'est inutile « de parler au Conseil. » C'est alors que je fus « emmené par la police. Je fis cette observa- « tion **que ce n'était pas moi qu'on « aurait dû arrêter, mais Duthoit « Thomassin.** »

« Le témoin dit : « *C'est parfaitement exact.* « J'ai été chargé par M. Barroyer, commissaire « de police d'aller chercher le sieur Castrique « qui se trouvait alors dans les bureaux de « MM. Duthoit Thomassin. J'ai été accompagné « pour remplir cette mission par l'Inspecteur « Florin qui a été chercher une voiture.

CONFRONTATION.

« Nous faisons entrer le témoin Florin, « Henri, âgé de 44 ans, Inspecteur de police de « sûreté à Lille, qui prête serment de dire toute « la vérité et confirme les détails ci-dessus. »

La contradiction, confirmée à la confrontation, est d'une éloquence topique. Elle serait, à elle seule, une révélation suffisante du caractère travaillé des dépositions des gérants. D'après eux, Castrique était donc un suppliant, désespéré au point d'avoir perdu la tête. Ils vont jusqu'à lui prêter des mots incohérents qui ne sauraient être du crû du greffier. Une pareille précision, si elle n'était point établie, serait presque comme un coup d'audace ! On aurait joué le tout pour le tout. Et que penser alors, *dans leur ensemble*, des déclarations de celui qui dépose, si l'on venait à découvrir que cette narration caractéristique fût l'œuvre de son imagination !

Castrique, au contraire, renvoyé de Caïphe à Pilate, aurait fini, dit-il, par sortir de ses gonds, par montrer qu'il allait enfin exécuter cette menace, qui n'avait peut-être été jusque-là qu'un moyen de pression, c'est-à-dire d'aller tout révéler au Conseil. Et alors, se mettant en chemin pour le faire, brusquement pris au collet, il poussait une exclamation dont le sens était bien la suite naturelle du genre *vrai* de controverse qui venait d'avoir lieu à l'instant entre lui et l'un des gérants.

Quelque convaincu que nous fussions donc de l'exactitude des déclarations de Castrique sur ce point significatif, nous sommes trop soucieux de ne rien retenir de ce genre et d'une telle portée qu'à bon escient, pour ne pas soumettre nos impressions à un contrôle s'il nous est possible d'en découvrir. Aussi, avons-nous fait prier le chef de la sûreté de venir nous donner lui-même quelques éclaircissements. Il l'a fait le 23 Novembre et nous nous sommes empressé de noter ses explications dès qu'il sortit de notre cabinet, pour être bien certain de la fidélité de leur reproduction. En voici le résumé ; nous nous sommes attaché à respecter jusqu'aux locutions mêmes dont il s'est servi :

« Quand j'ai dû procéder à l'arrestation de Castrique, je me suis placé dans le corridor et tenu
» comme en faction entre la porte du cabinet des banquiers, que l'on entr'ouvrait et refermait
» alternativement, et celle de la grande pièce du fond (1). Dans le bureau de ces Messieurs on parlait.
» Je suis resté là un certain temps, pendant que mon sous-Inspecteur allait chercher une voiture.
» Celle-ci étant arrivée et Castrique étant sorti dans le corridor, un de ces Messieurs me l'a
» montré et j'ai procédé à son arrestation dans les conditions retracées dans ma déposition dont
» vous venez de me relire la copie. Castrique, quand il est sorti du bureau, avait la figure animée,
» le teint coloré d'un homme impatienté qui vient de se mettre en colère, nullement le visage et
» la physionomie d'un homme désolé, ou qui se serait désolé quelque temps avant. S'il y avait eu
» de sa part des pleurs et des exclamations dans le genre de ce que vous me lisez de la déposition
» de M. Thomassin; *il est impossible, là où j'étais placé, que je n'eusse pas tout entendu, et je n'ai*
» *rien entendu de semblable.* L'allure de Castrique était *tout le contraire de celle d'un homme qui vient*
» *de s'humilier et de pleurer ;* il était agité, mais paraissait l'être en sens inverse. »

Nous avons envoyé cette narration au chef de la sûreté, en le priant de nous faire savoir si elle
était ou non scrupuleusement conforme à ses souvenirs et au récit qu'il nous avait fait. Il nous a
retourné la note par laquelle nous l'interrogions ainsi, en la faisant suivre des mots :

« c'est exact »,

au-dessous desquels il a signé.

Si, malgré tous les traits que nous avons tracés au cours de ce mémoire, un doute pouvait
encore subsister sur l'habileté inventive des dépositions des banquiers et sur les recherches
prévoyantes de leur mise en scène, il nous semble que le mot de la fin de l'exposition du sujet par
M. Thomassin aura dissipé tout reste d'hésitation dans l'esprit de ceux qui auront pris connaissance de l'exposé inverse de Castrique et de la confirmation dont nous le faisons suivre.

Aussi, pensons-nous superflu de reprendre, pour la rétorquer, cette partie du récit de l'un
comme de l'autre associé, dans laquelle ils retracent à leur façon comme quoi Castrique s'avisa de
leur faire de soi-disant aveux et de leur révéler ce qu'ils savaient d'ailleurs très bien, ainsi qu'on
en verra la preuve un peu plus loin, car s'ils n'étaient informés dès 1882, ainsi que nous croyons
l'avoir établi, ainsi que nous en donnerons encore l'irrécusable preuve, on verra qu'à dater du
8 Janvier 1884, tout au moins ils ne pourront prétendre n'avoir pas été mis bien au courant et
n'en avoir pas moins persévéré dans leurs avals !

Quoi qu'il en soit, dans la déposition que nous discutons présentement, M. Duthoit, parlant *du*
point où il en était le 31 de ce même mois (23 jours plus tard) (cote 73) dira : « *Nous étions bien loin*
» *de nous douter du sort que* Castrique *réservait à ses traites ainsi revêtues de notre signature,*
» *nous étions ainsi en pleine confiance au sujet de notre compte avec* Castrique..... » Nous ferons
cette seule remarque, que les deux gérants montrèrent une intuition merveilleuse dans les observations qu'ils prétendent avoir adressées à Castrique, lui demandant *comme en manière de plaisan-*
terie, s'il « n'aurait pas commis de faux » ; puis, dans un aparté, se disant à eux-mêmes « ce gail-
» lard-là doit avoir fait quelque chose qui n'est pas naturel » (n'est-ce pas bien plutôt cette soi-disant
réflexion qui ne l'est pas !) enfin, prenant les devants l'un et l'autre pour raconter, chacun de son
côté, que Castrique les aurait menacés, s'ils ne lui continuaient pas le crédit, *de les accuser d'une*

convention secrète tout en sachant l'accusation calomnieuse, et M. Thomassin paraît se complaire à lui prêter à ce propos des locutions qui sont assurément de lui et ne représentent point une traduction émanant du Magistrat instructeur « ce sera *canaille*, ça vous nuira plus à vous qu'à moi, mais je le ferai comme je le dis, ce sera *canaille* mais ce sera comme ça. »

La vérité, c'est presque triste à dire, c'est encore Castrique qui la tracera simplement.

Il va présenter des traites à l'aval le 1er mai, et déjà le 28 avril, il avait senti branler l'association, lors d'un refus d'argent opposé par M. Duthoit. Et ce jour-là, voyant définitivement que son levier pour arriver à la fortune allait lui glisser dans les doigts quand il pensait toucher au but, il n'avait pu retenir ses larmes, pleurant de rage assurément, autant que de chagrin. Il va donc, disions-nous, présenter trois jours après des traites à l'aval. Il rencontre M. Thomassin seul dans son cabinet. Celui-ci, — sa résolution était déjà prise, — ajourne, en ajoutant qu'il désire d'abord *se rendre un peu compte de la situation vraie des avals en cours* et il engage Castrique à repasser plus tard. Castrique, sans défiance, *revient porteur de son carnet*, sans doute pour pointer avec les gérants (le carnet *de la double colonne*). M. Thomassin *retient ce relevé confidentiel*, disant qu'il examinera et rapprochera à loisir **et la possession du carnet était le but de ses atermoiements!** Il remet donc Castrique au lendemain matin, 2 mai, lui annonçant qu'alors il recevra et ses traites et de l'argent. Le lendemain, Castrique arrive en effet, cette fois M. Duthoit est seul au bureau. Il en profite pour ajourner Castrique à l'après-midi, moment, lui explique-t-il où son associé sera rentré et lui remettra, revêtues de sa signature, les traites présentées la veille. L'après-midi enfin, Castrique arrive; survient la scène que l'on a vue. M. Thomassin gagne du temps pendant que son associé est allé chercher les agents de la sûreté, et l'on sait le reste.

Voilà donc comment MM. Duthoit et Thomassin ont pu *attirer* en leurs mains, en vue du 2 mai, des pièces de nature à leur faire obtenir du Parquet l'incarcération de Castrique, savoir : le carnet à double comptabilité dont il vient d'être parlé et qu'ils avaient associé dans ce but à leur autre témoin muet, c'est-à-dire au projet d'acte de cent mille bâtonné par M. Thomassin et conservé par lui en caisse **(alors que simultanément il laissait insoucieusement en nos mains l'acte illimité que nous possédons toujours, et qui eût mérité, celui-là, les honneurs de la triple serrure !).** Et du Parquet, ces deux témoins présentés par les gérants comme irrécusables et connexes, ils les apportent aussitôt et au Conseil de surveillance et à la douane.

Pour nous, qui depuis si longtemps avons suivi et étudié cette affaire par le menu, nous nous expliquons très bien l'explosion finale et nous résumons.

Voyant que Castrique opposait une invincible force d'inertie au lieu de réduire et d'amortir jusqu'au point où l'on pourrait enfin cesser et se soustraire ainsi au danger présenté par la fixation du chiffre sur le cautionnement, les banquiers, à bout d'objurgations, se décidèrent enfin à planter cette barrière infranchissable qu'ils auraient dû placer depuis longtemps. Ils signifièrent donc, comme on le voit du reste dans la déposition de M. Thomassin (cote 74), que désormais leur aval sur les traites serait précédé de l'énonciation de la somme, cette somme étant, bien entendu, *le chiffre réduit qu'ils étaient censés connaître seul*. Castrique furieux, et voyant échapper définitivement ses moyens d'action, n'avait plus rien à ménager. Il menaça les gérants de tout révéler au Conseil. Les banquiers, sentant bien qu'il eût été homme à le faire, prirent un parti désespéré, préparèrent les voies en conséquences entre le 28 avril et le 2 mai, *jour de la réunion du Conseil*, et le gagnèrent de vitesse.

Nous en avant fini avec ce que nous pourrions appeler notre exposition, notre discussion générales. Nous allons passer maintenant à l'examen proprement dit de l'acte de trois cent cinquante mille francs et des vingt-huit traites.

Tout d'abord, dès qu'on envisage la soumission, on constate qu'elle est écrite de même encre et de même plume, sans la moindre trace d'hésitation, comme hâtivement, par un homme qui ne forme même point là plupart de ses lettres, supprime la ponctuation, saute deux mots, bref, qui est visiblement pressé d'en finir. *N'est-ce pas un indice de plus que Castrique a dit vrai, quand il a affirmé avoir tracé cette pièce à la banque même* ; sinon la préparant bien à loisir chez lui, n'aurait-il pas écrit plus posément ? N'aurait-il pas, surtout, pris de bien autres soins, s'il n'avait été fort tranquille relativement au contrôle de sa caution !

L'expert en écriture prétend, c'est la seule constatation de son rapport, que le « *cent* » paraîtrait à *la loupe* être d'une *plume différente*. Ceci ne nous semble pas mériter de discussion, car, dans ce cas, l'acte eût donc été présenté aux banquiers portant les mots « **trois cinquante mille francs** » qui n'ont pas de sens.

En cour d'assises, ce même expert s'exprima textuellement ainsi : « C'est si admirablement fait qu'on n'y voit vraiment rien » ; il entama portant une discussion sur la queue du c du mot « cent », un peu moins longue que celle du c de « cinquante », ce qui aurait interverti ce qu'il qualifie « majuscules » et qui ne l'est pas ; l'aspect de la pièce établit bien que c'est, vraiment, tiré par les cheveux.

En première instance et en appel, le défenseur des banquiers était nettement convenu qu'on n'y pouvait absolument rien voir, sauf peut-être, a-t-il ajouté, si l'on examinait à la loupe. On apercevrait alors, disait-il, une petite différence « *dans la boucle d'une lettre* », et, s'armant d'un instrument qu'il avait apporté, il entreprit, bien que sans grande conviction probablement, de le démontrer au tribunal. Une discussion sur ce point nous paraîtrait sans intérêt, aussi la délaisserons-nous.

Voici l'important.

Si l'on prétend que cette pièce a été écrite en deux fois, nous invitons nos adversaires *à le prouver d'abord*, car, s'il a pu être jugé qu'un banquier n'est engagé que pour la somme qu'il a eu **l'intention** de souscrire, on n'a pas entendu par là qu'il dût lui suffire de déclarer lui-même, un beau jour, ce qu'il aurait intérêt à donner *alors* comme **son intention de jadis**, pour être ipso facto hors d'affaire et *passer la perte à un bon innocent !* Encore faut-il qu'il *établisse la réalité de l'intention* qu'il évoque.

Et quand nos contradicteurs y seront parvenus, il leur restera **surtout** à démontrer que leur signature a été apposée **avant** et non **après** la rédaction complète.

Suivant leur version, Castrique aurait encore ménagé là de ces blancs que M. Thomassin dépeint comme assez adroitement disposés pour *ne point attirer l'attention*. Le Tribunal va pouvoir apprécier s'ils étaient bien tels en effet. La pièce originale lui sera soumise, mais, pour plus de clarté, nous allons en placer sous ses yeux la photographie, **expurgée des deux mots « trois »** **et « cent »**, c'est-à-dire la reproduction de l'acte, tel que nos adversaires prétendent l'avoir signé.

Et l'on remarquera qu'il ne s'agit point ici d'un de ces effets d'usage courant qu'un banquier voit passer trop souvent pour s'attarder chaque fois à réfléchir sur eux bien longtemps, mais *d'un contrat général*, pièce dès lors très peu fréquente ; — d'un contrat solidaire, d'ailleurs, avec un client indiqué aux gérants par leur Conseil comme devant être de leur part l'objet d'une surveillance spéciale ; — d'un contrat transformant la nature d'anciens engagements et qui devait frapper d'autant plus l'attention qu'il apparaissait sous une forme essentiellement différente de la précédente (l'illimité) ; — d'un contrat, enfin, sur le *montant même* duquel on prétend que l'on viendrait de discuter « *quelques instants avant* », au point d'avoir repoussé, en le bâtonnant et en l'annotant, un premier projet préparé pour *une somme* supérieure (cent mille) :

Et si l'on veut bien rapprocher la disposition des mots « cinquante mille francs » de celle des mots « cent mille francs » de l'acte bâtonné dont nous avons donné plus haut l'image, on constatera l'identité d'aspect. C'est bien aussi l'énoncé de la somme, l'indication essentielle, déposée . . . . . *au beau milieu d'un cadre éclatant!*

Ce cadre, si M. Thomassin a dit vrai, il le voyait *coup sur coup pour la seconde fois*, nous venons de le rappeler, car, d'après lui, « *quelques instants* » avant — (*non pas de signer lui-même*, lui qui signait pourtant, dit-il, *toutes* les traites de Castrique, mais bien de *passer à son associé pour qu'il signât !*) — il prétend avoir bâtonné les mots cent mille francs. Il ne contestera pas, dès lors, qu'il lui eût fallu les regarder eux-mêmes, et bien en face, pour les bâtonner; leur disposition peu ordinaire ne pouvait, par conséquent, lui avoir échappé.

Nos adversaires n'ont donc pas intérêt à triompher dans cette démonstration que des blancs auraient été remplis après coup par Castrique, car ils établiraient simultanément eux-mêmes l'accord secret que celui-ci dévoile. Castrique leur répondrait sans doute, en effet, par le fameux guichet de leur caissier, *guichet par lequel se faisaient toutes communications concernant le client Castrique.* Or, de même que l'on aurait pu passer au travers une traite portant d'abord 800 fr., crier « prenez-en note et rendez la », puis, faire ajouter devant 18 par Castrique, obtenir ainsi 18,800 fr., après quoi l'on aurait mis l'aval, — de même pouvait-on passer une soumission portant d'abord 50,000, — dire : « notez à nouveau, à partir de telle date, un crédit total de cinquante mille et rendez la « pièce », et, au retour de celle-ci, faire inscrire « trois cent » tant que l'encre n'avait pas encore assez séché pour devenir dissemblable et signer alors comme caution. Et si le caissier ne suffisait pas, s'il fallait aussi les comptables, la porte *de communication directe avec ceux ci* faisait face au guichet du caissier dans le cabinet des banquiers et pouvait se prêter aussi bien à la scène !

Nous arrivons maintenant aux traites, mais là, en tant que lignes générales, ce que nous avons dit au sujet de la soumission, et plus haut, du mécanisme résultant de la convention secrète, nous dispensera de nous étendre. Nous discuterons simplement les déclarations de M. Thomassin sur ce point spécial : elles sont très nettes et très complètes. On les trouve au dossier sous la cote 77. Le mieux nous paraît être de transcrire.

On remarquera la parfaite connaissance que M. Thomassin possédait du contexte spécial aux traites de douane et des difficultés qui en résultent pour une fraude. L'aisance avec laquelle il évolue au milieu d'effets *qu'il n'a vus qu'un instant deux ou trois mois auparavant*, et qui, depuis leur création, sont restés enfermés dans les caisses du Trésor public pour ne reparaître à ses yeux qu'à *l'heure même où il va parler*, — nous pouvons l'établir, — cette aisance, disons-nous, frappera certainement le lecteur, ainsi que la précision avec laquelle il décrit, pour chaque effet, et le présent et le passé, dès qu'il y a jeté les yeux ! Il fallait donc qu'il les eût bien étudiés jadis avant d'y apposer sa signature : comment donc dira-t-il, dans la même déposition, n'avoir pas alors remarqué l'énorme blanc du B. P. F.

« Ainsi que je vous l'ai déjà expliqué, c'est moi qui revêtais de la signature sociale Duthoit-« Thomassin et Cⁱᵉ, en qualité de caution, les obligations de Douane que Castrique nous présentait, « car il venait le plus souvent le matin, et c'est moi qui, le matin, étais toujours au bureau. Les « 30 obligations de douane que vous m'avez représentées et qui étaient créées depuis le 1ᵉʳ janvier « 1884 ont toutes été signées par moi, comme je viens de l'expliquer. 28 seulement de ces obliga-« tions ont été majorées. En effet, deux d'entr'elles, vous le savez, sont bonnes, celle de 1,457ᶠʳ43ᶜ

« et celle de 2,293ᶠ⁷¹ᶜ. **J'affirme que lorsque toutes ces obligations m'ont été
« présentées à la signature, aucune d'elles ne portait en tête d'autres
« chiffres que le montant de l'obligation** (autrement dit, la décomposition en principal
« et en intérêts manquait), et ces chiffres étaient écrits tout à fait à l'extrémité de la feuille, ainsi
« je prends pour exemple . . . .
« . . . .
« entre cette date et le dit chiffre se trouvait un blanc qui *n'avait pas alors attiré mon attention*, et ce
« blanc, Castrique l'a utilisé pour le remplir avec la mention suivante B.P.F. $\frac{11.089}{110.89}$ ($\left\{ 11.199 \text{ fr. } 89 \right\}$
« **Il a agi de même pour toutes les autres traites, il ne pouvait pas d'ail-
« leurs faire autrement**, car ces chiffres n'auraient pu concorder avec le calcul des
« intérêts, ou, s'il avait inscrit les chiffres régulièrement, cela aurait attiré mon attention. *Il y
« avait donc* je le répète, *au moment où j'ai signé ces obligations, un blanc assez considérable* entre
« la date de la création et le montant de l'obligation, et ce blanc a été rempli après coup. . . .
« . . . .

puis, *en substance :*

« Castrique avait dû faire *une étude toute particulière de ces procédés*, afin d'arriver au double
« résultat suivant :

« 1° Me présenter des traites avec *des blancs* **qui n'étaient pas trop apparents**, *pour
« ne pas attirer mon attention.* »

« 2° Présenter à la douane ces mêmes traites avec les modifications non apparentes. »

Ainsi donc, *il est bien établi par M. Thomassin en personne* que **TOUTES** les traites lui ont été
présentées avec un blanc, à la partie du bon pour francs que nécessite le contexte à part des traites
de douane, **particularité qui lui est familière**. Il ne l'est pas moins qu'il entend
soutenir que ces blancs étaient trop adroitement ménagés (*trop peu apparents*, dit-il !) pour qu'il
eût pu le remarquer, *fût-ce fois ou autre*. Par ailleurs, il est encore établi par le rapport d'expert
comptable, les dépositions des banquiers, ce point de leurs conclusions qu'on peut lire au jugement
de première instance où ils citent le total considérable des majorations antérieures aux vingt-huit
traites de notre procès, que la manœuvre de Castrique, *et toujours la même manœuvre*, aurait commencé le 24 juin 1882 sur un effet à échéance du 24 octobre de la même année ; et elle se serait
toujours continuée depuis lors jusqu'à son arrestation. Dans ce long intervalle, les traites créées *en
cette même forme* par Castrique seraient, d'après les tableaux de l'expert qui spécifient la soi disant
majoration imputable à chacune d'elles, au nombre de 127, savoir, 99 entre le 24 juin 1882 et le
31 décembre 1883, et 28 figurant au procès.

De son côté, l'expert en écriture confirme que le procédé était toujours le même, et décalque
deux types, comme s'appliquant à l'ensemble. A la description faite des blancs, il ajoute que **sur
tous les effets « la marge suit une ligne oblique »** et c'est, du reste, ce qu'avait
aussi retenu la Justice.

Nous ne nous perdrons pas en descriptions, aucune d'elles ne valant l'aspect des pièces elles-
mêmes. Voici la photographie des types donnés par l'expert en écriture : ils comprennent deux
traites, reproduites 1° dans l'état où les banquiers (comme l'Expert), prétendent que Castrique les
soumettait à leur aval ; 2° dans l'état où elles ont été remises à la Douane :

Voilà donc de ces, traites qu'on aurait présentées telles **CENT VINGT-SEPT FOIS** à M. Thomassin et qu'il signa telles le cœur léger, et voilà, **au bon pour francs**, sans parler du reste **et de la marge absolument bizarre qui défilait toujours la même devant lui**, voilà, disons-nous, ces fameux blancs *dissimulés avec tant d'art* que, **cent vingt-sept fois aussi**, ils ont échappé à l'œil vigilant d'un banquier, homme pratique, rompu au maniement de ce genre de papiers au point de savoir embrasser en un instant, tout en s'occupant d'autre chose au besoin, si tout ce qui doit s'y trouver y est bien, et y est à sa place. Ils n'ont pas moins **de quatre à six centimètres de long !**...

Trouve-t-on là le **LUXE DE PRÉCAUTIONS** qu'un faussaire aurait apportées dans la préparation des effets qu'il présentait couramment à la signature de ses cautions, s'il avait redouté leur sollicitude et leur rigorisme ? Et le seul aspect de tels papiers n'en dit-il pas plus long sur la connivence, que les plus beaux raisonnements ?

En vérité, cette fois encore, il est permis de dire que M. Thomassin payait d'audace à l'instruction, quand il formulait en ces termes le *résumé analytique, la récapitulation* de la manœuvre sur laquelle reposait sa plainte au criminel et la déposition qu'il venait de faire à l'appui (cote 77).

« Castrique avait dû faire **UNE ÉTUDE PARTICULIÈRE DE CES PROCÉDÉS** « *afin d'arriver* au double résultat suivant :

« 1° Me présenter des traites avec des blancs **QUI N'ÉTAIENT PAS TROP APPA-** « **RENTS** pour *ne pas attirer mon attention*. »

Tout commentaire affaiblirait ! !.....

Après avoir montré ce qui précède, nous pourrions nous en tenir là. Nous désirons pourtant aller jusqu'au bout, et donner maintenant des preuves d'un autre nature, en même temps que rétorquer un argument présenté par l'Expert-comptable pour contester l'existence de la convention secrète de Mars 1882. Voici en quoi il consiste.

MM. Duthoit et Thomassin, l'expert-comptable, — Castrique lui-même enfin, assignent la date du 24 Juin 1882 à la première manœuvre qualifiée « majoration » par les premiers, — « *combinaison concertée* » par le second comme par nous. Cette manœuvre se serait traduite par la confection d'une traite qui aurait été de 3.453ᶠʳ·22 pour devenir 33.453ᶠʳ·22.

Admettons ce point de départ, quoique rien au monde n'en prouve l'exactitude en dehors des déclarations que nous venons de rappeler.

D'après l'Expert-comptable, ce qui prouverait que nulle convention secrète ne fut conclue lorsque Castrique vint déclarer sa ruine en Mars .882, c'est que, si la convention avait existé, en effet, *elle eût été mise en branle immédiatement*, dit-il, tandis que *la première* soi-disant majoration serait postérieure de trois mois environ (24 Juin 1882).

Nous répondrons qu'avant de se lancer dans l'application de combinaisons d'un tel ordre, il faut bien s'organiser quelque peu, monter son entourage en conséquence, et sinon attirer chez soi des collaborateurs à qui l'on se confie, du moins se délivrer sans bruit de ceux à qui le retrait de certains concours pourrait faire dresser l'oreille et dont le caractère paraîtrait incompatible avec certaines complaisances, actives ou simplement tacites.

Or, en Mars 1882, Castrique avait comme comptable, depuis la fin de 1881, (cote 236) un homme très-soigneux *qui alternait avec lui* pour la rédaction des traites de Douane, —possédait sa procuration pour les formalités à remplir dans nos bureaux,— etc. . . . . etc. . . . . Cet employé, on pouvait d'autant moins le congédier brusquement sans danger, qu'il tenait dans la main tous les fils et se montrait exceptionnellement zélé et entendu. L'Expert-comptable en témoigne et se plaît à y insister.

Il fallait aller doucement pour inaugurer le système ; on n'avait pas encore, au surplus, cette aisance, cet oubli de toute prudence que donnera bientôt l'habitude.

La banque continua donc son large crédit *ostensible*, jusqu'à la fin de Mai. Quand nous disons large, nous n'exagérons rien, car il se traduisit, entre courant de Mars et 23 Mai, par 28 traites formant ensemble 157.675^{fr}, ce qui correspondrait pour quatre mois, durée d'échéance des effets en cours *permanent*, par leur *succession périodique*, à 210.232^{fr}. On était donc bien loin du crédit accusé par la créance hypothécaire, *pourtant spéciale*, portant la date *toute récente* du 30 Mars !

Au mois de Mai, Castrique et son agent se séparèrent en bons termes (cote 236) et lorsque vint à celui-ci un successeur, on put partir sur nouveaux frais, sans craindre nuls rapprochements de la part de cet auxiliaire *à former*.

Peu après (24 Juin) on aurait débuté comme il vient d'être dit, par l'effet de 3.453^{fr} 22.

Il n'y fut point inscrit de domicile de paiement par Castrique, suivant une pratique déjà ancienne et acceptée par les diverses parties. Le Caissier de la Trésorerie Générale y porta plus tard (12 octobre) comme il en avait l'habitude, ainsi qu'il en témoigne avec l'Expert-comptable, la mention « payable chez MM. Duthoit-Thomassin et Cie, » mention à défaut de laquelle le Trésorier-Général n'aurait pas pu passer la traite à l'ordre de la Banque de France. Celle-ci n'accepte, effectivement, que du papier payable « *dans une ville banquable* » et Castrique habitait le faubourg de La Madeleine et non l'intérieur de la ville (cote 98).

Dans diverses dépositions, et par exemple, dans la confrontation cotée 91, Castrique expose que, la veille de l'échéance, MM. Duthoit et Thomassin, désireux d'échapper au contrôle de leur Conseil, et aussi de ne pas laisser surprendre peut-être par quelqu'un de leur personnel la manœuvre qui avait élevé la traite à une somme différant à tel point de celle qu'indiquaient leurs livres, voulurent éviter que l'effet ne revînt chez eux avec son importance finale. Dans ce but, dit Castrique, *ils lui enjoignirent d'aller payer la traite lui-même à la Trésorerie Générale ou à la Banque de France*, avec des fonds qu'ils lui remettraient, comme d'habitude, contre du papier soumis à leur escompte.

MM. Duthoit et Thomassin contestent formellement *avoir donné cette consigne*. Ils soutiennent ne connaître la traite qu'avec la valeur de 3.453^{fr} 22, — n'en avoir plus entendu parler depuis sa création —, et ne jamais l'avoir revue. Ils disent que si Castrique a voulu et pu la payer directement, c'est tout à fait à leur insu, et que, si elle a été de 33.453^{fr} 22, ce ne peut être que par une majoration, fraude qui se serait manifestée pour la première fois.

Cette divergence capitale a motivé une longue étude par l'Instruction, et maintes dépositions, dont l'ensemble dénote que Castrique a dit la vérité et n'a fait qu'obéir aux instructions de ses cautions.

Il se présenta à la Banque de France le 24 Octobre à la première heure, et demanda à retirer la traite contre argent. Le garçon de recette Rogeau (cote 90) prit l'ordre de ses chefs et refusa de se dessaisir de l'effet, *sinon au domicile de paiement.* Mai, continue Castrique, Rogeau se serait déclaré prêt à recevoir, *si on lui apportait une autorisation de MM. Duthoit Thomassin* et une autre signée de M. Robin, caissier de la Trésorerie Générale, laquelle venait de passer l'effet à l'ordre de la Banque de France.

Castrique soutient très énergiquement que ces deux autorisations lui furent remises et qu'il put ainsi retirer l'effet contre argent. M. Duthoit et M. Thomassin protestent avec non moins de force, et contestent avoir jamais donné ce papier. Point n'est besoin de souligner l'intérêt qu'ils avaient à s'en défendre, car, s'ils en étaient convenus, c'eût été l'aveu de la convention.

Les souvenirs de l'encaisseur Rogeau ne lui permettent pas de préciser, et voici comment il s'exprime après avoir déclaré que ses chefs lui avaient prescrit de retenir la traite :

« En sortant de la Banque (de France) je suis allé chez MM. Duthoit Thomassin selon mon « habitude, car nous avions souvent des domiciles indiqués dans cette maison : L'obligation que « Castrique est venu retirer a été payée, mais je ne pourrais vous dire comment et par qui, je ne « m'en souviens pas. »

En effet, dit l'expert comptable à la page 37 de son rapport, Rogeau se rendit chez MM. Duthoit Thomassin, et son livre d'encaisse porte qu'il y toucha, chiffres ronds, 56,000 fr. **dont 33,000 fr. précisément pour l'obligation dont il est question**. Mais, ajoute l'expert, ces 33,000 fr. ne figurent pas sur le bordereau établi le même jour par ce même Rogeau pour faire son versement le soir à la Caisse principale. C'est donc que celle-ci avait déjà reçu.

Dès lors, il serait exact, et ce n'est d'ailleurs pas contesté, que Castrique paya la traite à la Banque de France même, et l'y retira le matin des mains de l'encaisseur, celui-ci ne la laissant figurer, sans doute, sur son livre, à l'article « Duthoit-Thomassin » que pour ordre, ou bien parce que son inscription était déjà portée avant l'arrivée de Castrique.

On admettra difficilement que Rogeau, se présentant quelques instants après chez ces Messieurs pour toucher les 23,000 fr. correspondant *au surplus des effets payables chez eux ce jour-là*, n'eût pas dit quelques mots de l'incident inaccoutumé qui venait d'avoir lieu et dans lequel ils figuraient.

Castrique atteste, comme il est dit plus haut, n'avoir pu obtenir de payer son effet à la Banque de France même, que *sur production de l'autorisation de MM. Duthoit Thomassin*, qu'il aurait dû aller leur demander, *et d'une autre de M. Robin*, caissier de la Trésorerie Générale.

Celui-ci, appelé par Castrique en témoignage, répond comme suit (cote 138) :

« Demandez à M. Robin », dit Castrique au Juge d'Instruction, « si le 25 octobre 1882, dans la « matinée, je ne suis pas venu lui demander une note m'autorisant à payer directement à la Banque « de France une obligation de douane du montant de 33,453 fr. 22 qui était indiquée payable au « domicile de MM. Duthoit-Thomassin ? »

« Le témoin répond :

« Les faits dont parle M. Castrique remontant à une époque déjà ancienne, me souvenirs se sont « effacés. Cependant, il est très possible *et même fort probable que les choses ont dû se passer ainsi*. »
Désireux d'être bien fixé sur les pratiques et les réglements, nous avons fait demander à la

Banque de France, en termes généraux, quelques renseignements à ce sujet. Voici nos questions et les réponses qui y ont été faites :

QUESTIONS.	RÉPONSES.
Un effet à ordre est souscrit par un négociant, *avalisé par un autre , et payable au domicile de ce dernier.* Avant l'échéance ou à l'échéance , le souscripteur se présente à la Banque de France, laquelle viendrait de recevoir l'effet, et il demande à *le retirer séance tenante* en le payant. Y consentirait-on ?	Jamais.
Si pourtant la Banque de France s'y prêtait, par suite de circonstances particulières, accepterait-elle les fonds sans autre formalité , ou bien *exigerait-elle l'acquiescement du négociant qui a donné l'aval et au domicile duquel il est spécifié que l'effet devra être payé ?*	Si le cas venait à se produire, cet acquiescement serait strictement exigé.

Des termes des dépositions de M. Robin et de M. Rogeau, comme aussi de la connaissance que chacun peut avoir , acquérir ou contrôler des réglements et pratiques de la Banque de France , il résulte très positivement que si Castrique a pu payer là cet effet, c'est qu'il a bien, comme il le dit, remis à l'encaisseur Rogeau un billet de M. Robin , *et surtout , un billet de MM. Duthoit , Thomassin et Cie*, qui avaient donné l'aval et au domicile desquels devait avoir lieu le paiement. Or, l'obligation a bien été payée *sur place. Donc MM. Duthoit-Thomassin en avaient donné l'autorisation*, et ils n'avaient pu la donner sans en apprendre aussi le but, sans connaître également la valeur de l'effet à payer qu'ils prétendent avoir été tranformée. *A partir de ce moment-là , tout au moins, ils ne sauraient prétendre n'avoir pas connu la manœuvre*, **et on n'était encore qu'en 1882 !...**

Si pourtant ils persistaient à soutenir , désormais, qu'ils n'ont point délivré d'autorisation , *ils établiraient par là même que la traite fut payée par eux*, ce qui les confondrait plus clairement encore. Rogeau, l'encaisseur, n'aurait pu manquer, c'est plus qu'évident, de recouvrer chez eux *la somme totale inscrite à son livre d'encaisse*, si celle de 33,000 fr. *à valoir* ne lui avait été déjà remise.

A l'appui de son dire général pour ce qui se rapporte au paiement de cette forte traite, Castrique précise cette particularité, étrange au point d'être unique sans doute dans les annales des sociétés de crédit, que ses banquiers, soucieux que rien ne transpirât au sujet de ce règlement, entendirent que la remise qui lui serait faite des fonds nécessaires au paiement eût lieu, non point par les soins de leur caissier, ni dans nulle forme ordinaire, mais de leurs propres mains, à un moment surtout où tout le personnel de la banque, sa journée terminée, aurait déserté les bureaux. *Alors, enfin, que nul témoin n° vourrait les surprendre !...*

Et, en effet, le soir du 23 octobre 1882, dans l'ombre et le silence, de la main à la main, Castrique reçut de sa caution la somme qu'il fallait !...

Devant une telle peinture des rapports de banquiers à client, on s'attend sans doute à voir sursauter MM. Duthoit et Thomassin.

Ce serait une erreur. *Préoccupé de se défendre d'avoir exigé de Castrique* qu'il allât retirer cet effet à la Banque de France, M. Thomassin insiste précisément, lui-même, sur la façon anormale dont

Castrique reçut cet argent. Il ajoute nécessairement, il est vrai, que son associé comme lui ignoraient tout à fait l'usage qu'il en voulait faire. Il explique la bizarrerie du procédé en disant que Castrique *s'était montré pressé d'escompter un warrant !* On lui donna donc cet argent de la main à la main, *par complaisance, longtemps après la fermeture de la caisse,* et, comme preuve de cette explication, les banquiers produisent (cote 92) un bordereau de Castrique mentionnant un warrant de 33,500 fr. à eux remis contre argent le 23 octobre 1882.

A quoi Castrique riposte :

« Quant à l'explication qu'ils vous ont donnée au sujet du warrant, j'ajouterai, ce qui ne vous « a pas été dit, **qu'ils n'ont pas passé ce warrant à mon compte courant, con-** « **trairement à ce qu'ils faisaient pour tous mes autres warrants.** »

Le témoin (M. Thomassin) dit :

« **C'est sur la demande expresse de Monsieur Castrique que cette opéra-** « **tion a été faite d'une façon toute spéciale, et par conséquent, que le** « **warrant n'a pas été passé à son compte courant.** »

Voilà donc des banquiers dont l'obligeance pour les moindres désirs de tel de leurs clients (et quel client ! répétons-nous) va jusqu'à leur faire ordonner **de fausses imputations sur leurs livres !!** On comprend qu'avec de tels procédés, s'ils leur étaient habituels, le contrôle bi-mensuel du Conseil de surveillance fût aisément dévoyé. Il fallait, véritablement, qu'on le redoutât fort pour en arriver là, bien qu'on prétende ne s'en être jamais soucié !

Que valent, au surplus, ces faux fuyants et ces défaites ? Qu'importe qu'il y ait eu, oui ou non, un warrant, c'est-à-dire, que les banquiers n'aient remis d'argent que contre une valeur ? La question n'est pas là. A-t-on donné les fonds comme il est dit ? Oui. — Savait-on ce que Castrique en voulait faire ? Incontestablement. — Indique-t-on au moins la nature du cas urgent qui amenait Castrique *à pareille heure* pour l'escompte de son papier et qui eût été si grave que l'on eût passé sur tous les usages et délaissé en quelque sorte, jusqu'à sa dignité de chef de maison ? Pas un mot n'en est dit, et, tout l'essentiel, on est contraint d'en convenir ! Et l'on reste muet, et pour cause, sur *l'intérêt que Castrique aurait bien pu avoir* à ce que **l'on portât en comptabilité des imputations fausses** et non la vérité ! Il n'était pourtant pas justiciable, **LUI,** du Conseil de surveillance !

Ceux qui assistèrent aux débats de la Cour d'assises ont encore présente à l'esprit l'impression profonde que produisit sur tous et sur le jury le récit simplement tracé de l'épisode que l'on vient de lire.

Cette traite enflée et échue qu'il fallait étouffer à tout prix, — ces banquiers redevenant commis au service de l'accusé, — se cachant de leur personnel pour une opération d'escompte, — ces façons de carbonari pour la remise de l'argent, — achevèrent la déroute de l'accusation, car ils dissipaient les derniers doutes sur la réalité de l'accord, de la convention secrète déjà lumineusement expliqués.

Auparavant, déjà, plus d'un épisode, en effet avait permis de discerner ce qu'avait été dans l'affaire le vrai rôle des deux gérants.

Un témoignage, notamment, jeta une indiscutable lumière. Nous en dirent un mot.

La Banque de France avait pour les protêts (ou même les avis préalables) son huissier attitré : c'était M. Flipo, audiencier au Tribunal de commerce.

Au rapport de l'Expert-comptable, on lit (pages 38 et 39) qu'en présence du Juge d'Instruction, Castrique pria l'Expert de demander à M. Flipo s'il n'avait pas reçu l'ordre de présenter à MM. Duthoit Thomassin ses obligations en souffrance, — s'il n'avait pas eu occasion d'exécuter cette consigne, — et si les banquiers n'avaient pas payé, ou fait payer, dans ce cas, pour dégager leur signature de caution.

Il faut remarquer ici que, depuis la fin de 1882, d'accord avec la Trésorerie Générale, et conformément à des pratiques d'ailleurs usitées pour d'autres effets analogues souscrits par les brasseurs et les raffineurs (cote 98), la Trésorerie même était portée comme domicile de paiement. Le Trésorier Général passait habituellement les traites à l'ordre de la Banque de France, avec laquelle il est en compte-courant, et celle-ci, tout comme la Trésorerie, quand ces traites n'étaient pas soldées le jour même de l'échéance, les déposait aux mains de son huissier (la Trésorerie faisait de même, — ceci importe peu.)

Dans l'application, on aurait adressé à celui-ci la recommandation, relativement aux traites de Castrique qui demeurait hors de la ville, *de prévenir directement* ses banquiers attitrés, cautions avec lui des effets. Ceux-ci étaient ensuite retirés contre argent, soit à la Trésorerie Générale, domicile de paiement depuis fin 1882, soit en l'étude de l'huissier.

L'Expert fit la démarche sans succès, dit-il, en ces termes :

« M. Flipo m'a déclaré *qu'il ne pouvait me répondre* **pour un renseignement pareil** ; « qu'il se retranchait derrière le secret professionnel. »

Mais Castrique, bien sûr de son fait et trop intelligent pour ne pas mesurer toute la portée révélatrice et probante de visites pareilles, effectuées dans un tel but par l'huissier chez ses cautions, le fit assigner devant la Cour d'Assises.

M. Flipo fit la sourde oreille et ne répondit point à l'appel de son nom le premier jour des débats. Il fallut un télégramme de la Cour pour qu'il se résignât à comparaître le lendemain. On voit par ce trait qu'il se souciait modérément de s'expliquer sur ce qui pouvait, à sa connaissance, se rattacher à cette affaire.

Quand il déposa, en réponse aux questions du défenseur, il ne disconvint pas d'avoir été *souvent* présenter aux banquiers cautions de Castrique des traites souscrites par lui, avalisées par eux et arrivées à l'échéance, mais l'avocat ne parvint pas, malgré son insistance, à lui faire *préciser* quel avait été, fois ou autre, le *montant* de tel ou tel de ces effets. On a déjà compris qu'à l'échéance, *ils apparaissaient dans leur état soi-disant majoré, et que dès lors, à moins d'être compère. . . . . . !*

« Je ne m'en souviens plus, » répondit-il. Il fallait, du reste, lui arracher, en quelque sorte, les paroles.

Serré de plus près, cependant, il termina par cette phrase générale :

« Quand j'allais, de la sorte, chez MM. Duthoit et Thomassin, ils prenaient la traite et disaient : « **AH! C'EST POUR CASTRIQUE, C'EST BIEN, ON PAIERA DEMAIN.** »

Nous étions là nous-même, et nous fûmes frappé, on le comprendra de reste, de cette déclaration qui, malgré sa réserve, en disait si long pour ceux qui, comme nous, connaissaient les dessous de l'affaire. Nous pouvons garantir l'exactitude textuelle de notre reproduction ; outre notre souvenir très présent, nous avons recouru au contrôle des souvenirs d'autres assistants. La confirmation ressortira, du reste, d'une pièce que nous signalerons dans un instant.

En expliquant leur procès à l'avocat qu'ils chargèrent de leurs intérêts devant la Cour de Cassation, MM. Duthoit et Thomassin négligèrent , sans doute , de l'instruire de ces particularités et de bien d'autres, sans quoi Mᵉ de Ramel, leur défenseur, n'aurait pas écrit, présumons-nous, dans sa réplique au mémoire en soutien déposé par l'avocat de l'administration des douanes , ce que nous allons reproduire et qui trouva accès près de la Cour de Cassation, si bien que **LA EST, EN SOMME, TOUT L'ARRÊT QUI RENVOYA LA CAUSE DEVANT LE TRIBUNAL DE DOUAI :**

Page 4 : « Il ne s'agit pas de savoir si la Douane est en faute d'avoir accepté la soumission et les « traites, pour le montant majoré des sommes qui y figuraient. Ce n'est pas à raison d'une faute « qu'elle est exposée à perdre partie des droits dont elle a fait crédit, **c'est parce que la** « **fraude a été accomplie et organisée contre elle, et ce, POSTÉRIEURE-** « **MENT AU MOMENT OU MM. DUTHOIT THOMASSIN ONT SIGNÉ LA** « **SOUMISSION OU LES OBLIGATIONS et sans aucune participation ni** « **complicité de leur part**. Ils ne sauraient donc être tenus d'un fait et d'une fraude qui « leur sont étrangers. »

Et plus bas :

« Si les juges du fond constatent souverainement l'existence des faits, tant matériels qu'inten- « tionnels, la question de savoir **SI CES FAITS PRÉSENTENT LES CARACTÈRES** « **JURIDIQUES DE LA FAUTE** prévue par les articles 1382 et 1383 C. civ. et **enga-** « **gent la responsabilité de leurs auteurs** , soulève un point de droit sur la solution « duquel la Cour de Cassation peut exercer sa censure. »

Comprend-on, maintenant, pourquoi M. Duthoit, dans sa déposition **INITIALE** , *justificative de sa plainte contre Castrique* , prit soin de préciser que la soumission générale qu'il prétendait majorée avait été signée par lui « **aux premiers jours de janvier 1884.** »

IL LUI FALLAIT avoir signé suivant que Mᵉ de Ramel vient de l'expliquer avec une science consommée et une logique implacable. Ce que dit le le défenseur des banquiers est absolu.

Nous ne saurions assurément prétendre rivaliser d'argumentation avec lui : aussi ne saurions-nous assez nous féliciter que son irréfutable thèse se trouve précisément être la nôtre. M. Duthoit le sait trop bien !

Mis au pied du mur, en effet, par Castrique, il devra convenir par la suite, que la soumission fut signée, non point « **aux premiers jours,** » mais **tout à la fin de Janvier!** (cote 96, question 12).

Or, ce fut *le 18 janvier seulement* que le Receveur principal des Douanes *écrivit à Castrique pour l'inviter à substituer à l'acte illimité une soumission précisant un chiffre*. Il est acquis, d'ailleurs, que toutes les traites souscrites en janvier, l'ont été sous la garantie du susdit acte illimité, *celui-ci n'ayant pas encore été remplacé*. Donc, pour que les principes si bien posés par Mᵉ de Ramel devant la Cour de Cassation reçussent leur application, aussi bien à l'égard de la soumission qu'à l'égard des traites, il fallait nécessairement chercher à établir que la signature du cautionnement que l'on prétentait majoré (et majoré sans que l'on s'en doutât) **AVAIT PRÉCÉDÉ** les manœuvres.

Nous venons d'établir qu'elle **en avait suivi** l'exécution.

Pour prévenir toute équivoque, précisons encore que la soumission fut véritablement signée, comme on le sait, le **trente et un Janvier 1884**, et rappelons que, sur les 28 traites du procès qui nous est intenté, celles de janvier, pour ne parler que d'elles, **ont été créées antérieurement** à cette date, savoir les **4, 12, 15, 17, 18, 24** et **26** de ce mois.

La fraude n'a donc pas été

« accomplie et organisée contre la Douane **postérieurement** au « moment où MM. Duthoit et Thomassin ont signé l'acte ou les obligations »

condition strictement nécessaire pourtant, au succès de la cause défendue par Mᵉ de Ramel, ainsi qu'il le pose excellemment.

Voici donc bien le premier point de son exposition gagné pour nous sans conteste possible ; nous allons maintenant gagner l'autre (**« et sans aucune participation ou complicité « de leur part. »**)

Nous avons vu l'huissier Flipo déposant devant la Cour d'Assises, que, dès longtemps, il lui était arrivé de se présenter à MM. Duthoit et Thomassin, porteur de traites échues souscrites par Castrique, revètues de leur aval, — et nous avons vu la réponse que l'huissier obtenait d'eux. (« *Ah ! c'est pour Castrique, c'est bien ; on paiera demain.* ») Autrement dit, M. Flipo avait souvent **mis sous leurs yeux**, par le passé, des traites **dans leur état soi-disant majoré**, sans qu'ils eussent témoigné de surprise, sans qu'ils eussent non plus *cessé de donner leur aval sur de nouveaux effets présentés* **en même forme** à leur signature, et dont nous avons d'ailleurs donné la reproduction photographique. *Ils voyaient pourtant bien alors l'usage que faisait des blancs leur client solidaire !...*

Voici qui sera plus précis.

Castrique, qui sait bien cela, *et pour cause* (!), fait assigner l'huissier Flipo à l'Instruction, et le fait interroger sur ce point (cote 104).

M. Flipo, nous l'avons vu, n'est pas très communicatif en ces matières. Il se limite donc à ce qui concerne l'Instruction proprement dite, savoir, aux quatre premiers mois de 1884 et ne souffle mot du passé.

Il livre au Juge, sur la demande de Castrique, la liste des « effets qui lui ont été remis pour être « protestés, mais qui ne l'ont jamais été ». Il ajoute qu'il *s'est présenté à MM. Duthoit Thomassin* **« pour recevoir le montant de ces traites »**, dont il fournit ensuite le détail au vu d'une pièce qu'il avait apportée et dont le greffier couche la copie sur l'interrogatoire.

Ces traites figurent sur ces tableaux dressés par l'Expert comptable, où nos adversaires ont puisé la partie de leurs conclusions dans laquelle ils ont avancé que les soi-disant majorations de Castrique duraient depuis longtemps, et en ont fixé le total à 829,000 fr. pour la période **avant Janvier 1884**.

La première traite de la liste des effets soumis par l'huissier Flipo à MM. Duthoit et Thomassin dans leur état soi-disant majoré, figure sous le nº 70 au tableau tracé à la page 53 du rapport de l'Expert comptable.

Quand elle fut présentée à MM. Duthoit Thomassin, son montant était de 4,752 fr. 05. Mais elle aurait été créée pour 1,752 fr. 05 seulement, et, *grâce à ces blancs, si cauteleusement dissimulés, paraît-il, qu'ils échappèrent cent vingt-sept fois à l'œil soucieusement attentif de M. Thomassin* (!), Castrique en aurait plus que doublé l'importance en *la majorant de trois mille francs*.

On admettra bien qu'en voyant cet effet transformé de la sorte, les banquiers finirent enfin par sentir « *s'éveiller leur attention* », car cette fois, il ne s'agissait plus d'apparences extérieures, **il s'agissait de la somme à payer**, et d'une somme plus que double de celle que l'on avait fait prendre en note, — sur laquelle on avait perçu commission **ostensible**, — envoyé des lettres d'avis, etc....., etc.....

Quelqu'un pourrait-il bien prétendre encore, et soutenir un seul instant, qu'à ce moment précis du moins, MM. Duthoit et Thomassin n'aient pas été pleinement édifiés, s'ils ne l'étaient déjà, sur *l'usage que Castrique faisait des blancs* si grossièrement éclatants, si *naïvement* apparents et d'une singularité si monotone, qu'il ménageait dans le but, prétendent-ils, d'en mesuser **à leur insu**, sur les traites qu'il soumettait à leur aval et qu'ils revêtaient avec persévérance de la mention pure et simple « bon pour caution : Duthoit Thomassin et Cⁱᵉ. »

N'est-ce point à ce moment même et sur l'heure, que des banquiers, ignorants jusque-là de telles manœuvres et peu soucieux de s'y prêter, auraient bondi chez le Procureur de la République, couru à la Douane et rassemblé le Conseil de surveillance ? !

Mais MM. Duthoit-Thomassin ne sont point de ces banquiers-là. Loin de parler et de bouger de place, *ils persévéreront dans leurs pratiques*. Ils feront plus encore. Des traites, ils **LES ÉTEN-DRONT AUX SOUMISSIONS GÉNÉRALES**.

En effet, la traite dont nous parlons là avait été créée le 8 septembre 1883. La date de son échéance était **le huit Janvier 1884**. Elle fut donc soumise à MM. Duthoit Thomassin *en son état soi-disant majoré* **vingt-trois jours avant** le moment (31 janvier) où ils apposèrent leur signature sur la soumission de 350,000 fr. qu'ils prétendent n'avoir signée que pour cinquante mille francs et avoir été majorée, toujours à la faveur de blancs ménagés à dessein ! Donc, si la manœuvre s'est en effet produite, c'est bien en pleine connaissance de cause, et pour s'y associer, qu'ils ont livré la signature sociale à Castrique sur cet acte réclamé par la Douane pour 400,000 fr. et accepté par elle pour 350,000 fr. Ils sont ainsi responsables, si elle a existé, de la fraude à laquelle ils auraient prêté les deux mains de la sorte.

Or, nous l'avons expliqué, le but de ce contrat est de garantir à l'État que **LES DROITS D'ENTRÉE SERONT PAYÉS sous forme ou autre**, les traites n'étant qu'un mode facultatif de réglement. Donc, après ce que nous venons d'établir, peu importe ce qui est advenu des traites, et l'on nous doit les droits d'entrée qu'elles représentent, si l'on prétend encore qu'elles sont de la fausse monnaie.

Mais nous n'aurions même nul besoin des constatations que nous venons de faire relativement à la soumission générale. Telles qu'elles sont, les vingt-huit traites arguées de faux nous suffiraient à elles seules, et sans la garantie de nulle soumission.

En effet, nous venons d'établir qu'à dater du 8 janvier 1884, tout au moins, les banquiers sont convaincus d'avoir été *pleinement édifiés sur la destination des blancs* que Castrique ménageait sur les pièces qu'il soumettait à leur signature en vue de ses opérations de douane.

Or, sur les vingt-huit traites faisant l'objet du présent litige, **vingt-sept** ont été signées par eux **postérieurement** à ce **huit Janvier** où la démarche de l'huissier Flipo aurait déchiré tous les voiles........... s'il y avait eu voiles à déchirer !..... Il leur est donc interdit désormais de prétexter leur ignorance.

Conséquemment, si fraude il y a eu au préjudice de l'État, tiers de bonne foi, eux seuls doivent en subir les conséquences, puisque, **sciemment**, ils l'auraient permise et facilitée.

Et qu'à l'égard de ces traites, on ne nous dise pas encore que l'état transformé de celle qui fut présentée le 8 Janvier échappa « *à leur attention* » comme tant de fois auraient échappé les blancs, car nous répondrions que cette démarche de l'huissier ne fut pas la seule retracée par sa déposition.

Le 25 Février 1884, en effet, il présente de même à MM. Duthoit Thomassin, une traite échue se montant à 1,426 fr. 12 c., et que le relevé donné par l'expert indique comme majorée de mille francs (page 53, N° 85), et, postérieurement à cette *nouvelle démarche révélatrice*, les banquiers mettront leur aval pur et simple sur **dix-sept** des vingt-huit traites du procès !

Le 14 Mars, présentation par M. Flipo d'une traite de 10,591 fr. 27 c. : — majoration neuf mille (N° 98, page 54), et sur **onze** des vingt-huit traites en litige, l'aval sera donné encore.

Le 15 Avril, traite de 11,806 fr. 90 c. : majoration onze mille (page 54, N° 95). Un aval est encore donné le 16, par l'apposition pure et simple de la signature sociale !....

Voilà donc, certes, le second point gagné comme nous l'avons annoncé, et nous étions bien dans le vrai en disant que s'il avait connu les particularités qui précèdent, les agissements que nous venons d'établir, des compromissions désormais incontestables et acquises, Mᵉ de Ramel n'eût point écrit non plus, n'eût point écrit *surtout*,

> « **SANS AUCUNE PARTICIPATION OU COMPLI-**
> « **CITÉ DE LEUR PART**; ils ne sauraient donc être tenus
> « d'un fait ou d'une fraude qui leur sont étrangers. »

Et dès lors, plus loin, n'aurait-il point posé la

> « question de savoir si les faits présentent les **caractères**
> « **juridiques de la faute**, prévus par les articles 1382-
> « 1383, et engageant la responsabilité de leurs auteurs »,

question sur laquelle la Cour de Cassation impose à notre Administration le devoir de s'expliquer devant le Tribunal de Douai.

Ce devoir, nous croyons l'avoir surabondamment rempli, car, après avoir établi par raisonnement, par rapprochements, par citations et déductions nombreuses, la réalité de la convention secrète existant entre les banquiers et Castrique, et dévoilée par celui-ci, nous en avons fourni *la preuve matérielle*. En parvenant à faire agréer par la Cour suprême les motifs que nous venons de retracer, le défenseur des banquiers n'a donc fait que reculer le prononcé définitif d'une sentence désormais inévitable.

Peut-être nous demandera-t-on pourquoi nous n'avions pas, dès le principe, mis en lumière ce que nous venons de puiser au dossier d'Instruction criminelle. D'une part, si nous connaissions bien les grandes lignes de l'affaire, et des parties fort significatives assurément de ce volumineux dossier, nous ne le possédions pas en entier, et c'est bien *contraints et forcés* que nous en avons fouillé les détails et produit l'analyse !

D'autre part, — nous l'avons dit dans notre préambule, — nous estimions qu'un service public est tenu à quelque réserve, tant qu'on lui permet de s'y renfermer. Et d'ailleurs, lors des instances premières, nous avions devant nous une Société de crédit dont les actions auraient bien pu se ressentir à la Bourse de révélations trop fâcheuses sur les agissements de la Gérance. Nous devions donc envisager l'intérêt général et ne risquer de peser sur les cours qu'à la dernière extrémité.

La Caisse d'Escompte de l'arrondissement de Lille s'est mise en liquidation et n'existe plus. Déjà, nous l'avons vu, à peine Castrique eut-il été acquitté par la Cour d'Assises, M. Duthoit quitta la banque. Son ancien associé devint seul Directeur de la Société, mais aujourd'hui....., plus de Société, partant, plus de gérants. Nous avons donc nos coudées franches.

Aux arguments que nous avons donnés en foule, nous avons jugé superflu d'ajouter, pour en faire état, que, par un arrêt souverain, la Cour d'Assises, en acquittant Castrique, a prononcé sur les majorations. Nous nous bornons à le viser ici.

Nous savons bien qu'en pareil cas, il faut toujours prévoir l'objection que, pour un même fait, le criminel et le civil sont deux. Si elle venait à nous être opposée, nous ne nous laisserions entraîner à nulle discussion byzantine, et nous nous contentons d'avoir bien établi qu'*en notre espèce, criminel et civil sont étroitement liés l'un à l'autre*. Cette fois donc, plus que jamais, la vérité est une et nous nous y tenons.

Nous terminons.

Quelque irréfutable que soit notre démonstration qu'en cette affaire les banquiers cautions de Castrique ont cédé aux principes de cette morale à part qui dit que l'on peut, vis à vis de l'État, commettre ce dont on repousserait jusqu'à la pensée vis à vis d'un particulier, nous devons nous attendre à trouver devant nous une discussion que nous redouterions assurément, si nous n'envisagions que le talent du défenseur, et l'autorité qui s'attache, nous le savons, à son caractère autant qu'à sa parole.

Mais, pour exposer ce procès, point n'est besoin d'être juriste et nous ne craignons pas que le Trésor Public soit victime de doctrines qui, pour être savantes, n'en heurteraient pas moins le gros bon sens, la rectitude vulgaire, la probité du paysan.

Aussi, voyons-nous venir les débats avec une entière sérénité. Et ce jour-là, si nous n'apportons avec nous ni science du droit, ni pratique des procédés de Palais, nous aurons pourtant une grande force et nous la posséderons seul ; c'est que nous donnerons *notre propre pensée et notre sentiment ;* — nous ne traduirons la pensée, non plus que les affirmations de personne. Ce que nous dirons avoir existé, c'est nous-même qui l'aurons vu, ou bien qui l'aurons entendu. Ce dont nous nous dirons convaincu, c'est nous-même qui le sentirons de la sorte.

A l'inverse de nos adversaires, nous sommes ici dégagés de tout intérêt personnel. Représentant d'une grande Administration dont les pratiques rigoristes sont traditionnelles et notoires, — défenseur, par situation, de la fortune publique et du bien de tous, — si nos explications ne visent point au savoir juridique, elles présenteront, du moins, ce caractère à part et cette garantie, que nous avons écrit, — et nous parlerons s'il le faut, — non point suivant ce qui nous apparaîtrait comme habile, mais bien ainsi que l'on déposerait sous la foi du serment.

Lille, le 15 Décembre 1889.

Le Directeur des Douanes,

DU SÉRECH.